Kladblok
met Verbannen
Woorden

Hilde Vleugels

Kladblok met Verbannen Woorden

Uitgeverij Xanten
Utrecht
2012

© Hilde Vleugels, Antwerpen, 2012
Voor overname kunt u zich wenden tot Uitgeverij Xanten
Adelaarstraat 43 3514 CB Utrecht

Ontwerp Things To Make And Do, Den Haag
Foto omslag Paul Kohl, Singapore, www2.gol.com/users/pkohl
Foto auteur Theodoor Dirkx, www.theodoordirkx.be

Boekverzorging Uitgeverij Xanten, Utrecht
Drukwerk Koninklijke Wöhrmann, Zutphen

ISBN 978-94-91446-05-4
NUR 301

www.uitgeverij-xanten.nl

*Voor mijn vader(†) die me leerde dat waarden belangrijk zijn in het leven
en voor mijn moeder die me de rijkdom van verhalen meegaf.*

Inhoud

Deel 1

Lichaam, denk ik, als je mijn eigen

lichaam bent

waar heb je me gevonden

waar breng je me heen

waar laat je me gaan

Rutger Kopland (2001). *Afdaling op klaarlichte dag IV*

Het individu is met stijgende wanhoop op zoek naar een auteur
die het verhaal wil schrijven waarin het zijn of haar leven kan
opvoeren, net zoals de zes personages in het profetische stuk van
Luigi Pirandello uit 1921

Paul Verhagen (2009). *Het einde van de psychotherapie (2009)*

Cassandra

Ooit, misschien in een volgend leven, aangezien ik niet ouder dan dertig wil worden, zal ik een boek schrijven. Een dictionaire. Een boek vol woorden die ik voor mogelijk uitsterven wil behoeden. Geen woorden als doch of desalniettemin, al weet ik hun schoonheid te waarderen. Zelfs het wellustige goesting, waarvoor ik mijn ziel zou willen verkopen, zal niet door de strenge selectie komen. Het wordt een boek met sacrale woorden, omstreden parolen, woorden als hiërarchie, die door machtsmisbruik hun diepere betekenis hebben verloren. Niemand schijnt nog te weten dat *hiero* heilig betekent en *arche* bestuur of verbond, en dat het woord oorspronkelijk verwees naar de heilige relatie tussen de orden van engelen. Daardoor is er een zondvloed over het land gekomen, met de bedoeling zijn bestuurders tot andere gedachten te brengen.

Wij zijn midden jaren tachtig, een augustusnacht. Naast me aan het stuur van zijn BMW zit een Limburgse burgemeester, een toonbeeld van deugd en degelijkheid. Met zijn volumineuze gestalte en stevige baard is hij een man uit één stuk. Ononderbroken viseert hij het met regen bekogelde stuk autobaan, voor het met exact honderd kilometer per uur onder ons doorglijdt. Ik zou hem willen vertellen over serafijnen en cherubijnen, de engelen die het dichtst bij het Onkenbare stonden, en over het heilige verbond tussen levende schepselen en Hij of Zij - het Woord en de Wijsheid - die de oorsprong van alles is. Maar de burgemeester is bumper geworden en breekt door het regengordijn. Indien nodig vangt hij de klappen op.

Antwerpen, 32 km. Terwijl de verlichtingspalen langs ons heen glijden, stel ik me voor dat ik een van de lampen ben, mijn taak - even eenvoudig als nobel - is licht geven zodra de donkerte over het land valt. Mijn gele schijnsel zal botsingen voorkomen en zelfs levens redden, zeker wanneer zoals nu de regen tegen de voorruit kletst. Maar toch. Mijn licht is pure verspilling! Het eerste wat me bij mijn terugkeer in België opviel, was dat we met te veel zijn. Mocht ik kapotgaan, zal niemand me missen.

'Hoe kwam je ertoe in je eentje naar Sicilië te reizen?'

De bumper praat! Ontstemd wil ik duidelijk maken dat mijn leeftijdsgenoten in hun eentje door India of Zuid-Amerika trekken. Maar ik slik mijn protest in, tenslotte heeft mijn leven aan een zijden draadje gebengeld en hoor ik dankbaar te zijn dat ik door zijn resolute optreden terug in mijn vertrouwde vaderland ben.

'Pirandello', antwoord ik, terwijl ik mijn verfomfaaide jurk probeer glad te strijken. Ik zwijg over Katrien, de mooie, gracieuze, begaafde Katrien, met wie ik op de Hoge School voor Vrije Expressie zit, en denk aan het bundeltje verpakt in krantenpapier dat nu op Sicilië begraven ligt.

'Pirandello?' Zijn blik richt zich terug op het natte wegdek.

'Sei personaggi in cerca d'autore!' Zo nonchalant mogelijk laat ik het Italiaans over mijn lippen vloeien, waarna ik verduidelijk dat in het toneelstuk van de uit Sicilië afkomstige Nobelprijswinnaar, zes personages door hun auteur in de steek zijn gelaten en wanhopig op zoek zijn naar iemand die het verhaal wil afmaken waarin hun leven vorm krijgt.

De burgemeester wrijft door zijn baard. Zal ik hem meer vertellen over de reden van mijn vertrek naar het Italiaanse eiland? Ik vrees dat hij het een banaal verhaal zal vinden, een stupide geschiedenis, het melodrama van iemand die geen oorlog heeft meegemaakt en bij de minste - door eigen dwaasheden gecreëerde - ongemakken, smeekt om verlost te worden uit dit tranendal. Terwijl het slepende geluid van de ruitenwissers mij haast in trance brengt, duiken herinneringen op, beelden van de junidagen voor mijn vlucht naar Sicilië. Ik duw ze terug de diepte in, maar een ervan dringt zich hardnekkig op, zoals een lijk dat boven komt drijven en een wanstaltig gezicht toont.

Ik sta weer boven op het platte dak van de Antwerpse Hoge School, dat gedeelte dat uitziet op de Gedempte Zuiderdokken. De Sinksenfoor beneden heeft zijn kermiskramen gesloten. Roezig van de drank en de liefde verdwijnen de laatste paartjes in de donkerte langs de stroom, om gulzig elkaars monden en het zachte vlees van hun dijen op te zoeken. De rest van de stad slaapt, snurkend tegen elkaar. Uitdagend balanceer ik met mijn volle een meter zevenentachtig bij de rand van het dak, brallend in de doofstomme nacht. Alleen het stilgevallen reuzenrad steekt boven me uit. Woest zwaai ik met mijn vuisten. Ik wil Groot-Antwerpen wakker schreeuwen, België laten opschrikken uit zijn natte droom, de Kosmos waarschuwen dat er ongelukken gaan gebeuren! Maar als ik mijn mond open, blijven de woorden achter mijn ribben steken, een klankloze schreeuw zoekt kokhalzend een weg naar buiten. Dan buig ik me over de rand en braak mijn ziel uit. Ze stinkt.

Na die nacht van de vallende sterren, grepen de woorden mijn borststreek vast en snoerden met hun knokige vingers mijn hartkleppen dicht, zodat er geen bloed meer door kon stromen. Ze knepen de lucht uit mijn longen en legden knopen in mijn darmen. Er zat niets anders op dan de rioolputten in te gaan en te midden van de stank en de ratten te wachten tot de vingers hun greep zouden lossen. De dag dat ik incognito weer de straat op ging, boekte ik een last minute naar Catania.

één

Zoals de dag tevoren en de dag daarvoor doolde ik in de meedogenloze zomerzon over de Via Etnea, een kilometerlange straat die tot aan de voet van de vulkaan in de verte loopt. Ontvoerd door mijn gedachten, draaide ik bij de stadstuin Giardino Bellini automatisch terug richting centrum. In een uitstalraam weerspiegelde zich een androgyne gestalte met een zwarte jurk en een stel witte benen. Een seconde lang had ik mezelf niet herkend, alsof het een vreemd iemand was die langs de etalages dwaalde. Was ik dat? Was ik voor de voorbijgangers dit lange lijf waarin ik eerst, in een flits, mezelf niet had herkend? Onwennig staarde ik naar mijn spiegelbeeld, niet goed wetend hoe me in haar aanwezigheid te gedragen. Even sloot ik de groene ogen - smaragdgroen zoals die van Katrien - om daarna weer mezelf te zien in dat ernstige gezicht met lange neus en scherpe kin, omringd door het kortgeknipte, donker geverfde haar. Mijn blik gleed langs de lichte welving van mijn borsten en mijn smalle heupen. Door mijn weerkaatsing in het glas heen pronkten de in de vitrine uitgestalde vleeswaren: salami, prosciutto, mortadella. Dan pas merkte ik de jongeman met zonnebril op die zich naast me in het uitstalraam spiegelde. 'Where do you come from?' vroeg de schim. Ik deed of ik hem niet gehoord had, stapte de winkel binnen en wees een broodje ham aan.

De Catanesen die belangstelling voor me hadden, waren voornamelijk bronstige pubers, van wie het testosterongehalte recht evenredig was met het vermogen van hun al dan niet opgefokte scooter. De gesprekken die we voerden bleven gezien hun gebrekkige Engels en mijn idem dito Italiaans, bijzonder minimalistisch.

'What's your name?'

'Cassandra.' Op een bank langs de Via Etnea at ik mijn broodje ham. In de verte spuwde La Donna driftig giftige wolken uit haar kratermond.

'You're alone?'

'My boyfriend is coming later.'

Het liefst van al ging ik deze stiervervelende dialogen uit de weg, door de schijn te wekken dat ik helemaal opging in het toneelstuk dat op mijn schoot lag: *Sei personaggi in cerca d'autore*. Ik had gedacht dat het eenvoudig was om Italiaans te lezen. Veel woorden begreep ik, zelfs stukken van zinnen. Maar het geheel ontging me.

Bij mijn aankomst in Catania had ik geprobeerd via de fonetische woorden in mijn reisgids Italiaans te spreken, want zelfs de politieagent op Piazza del Martiri begreep geen Engels. *Per faworee* (alstublieft) - *pensionee* (pension) - *a boeon merkato* (goedkoop). De eilandbewoners hadden me aangekeken alsof ik een doofstomme reuzin was die zinloze klanken uitstootte! Een vrouw met een tandeloze mond was verschrikt de straat overgestoken, alsof ik de taal van de duivel sprak. Uiteindelijk had een van de gemotoriseerde jongens mijn zware rugzak overgenomen, een andere me een zitje achterop zijn blinkende Skoda aangeboden, en met zijn achten hadden ze me met hun scooters door smalle straatjes tot bij een betaalbaar onderkomen geloodst: een eenpersoonskamer in een bouwvallige palazzo, opengehouden door twee jonge Napolitanen, Pietro en Piero, twee druppels gitzwart water, een glimlach tot achter de oren en zigeunerogen waarin je kon duikelen om nooit meer terug te keren. Nadat ze me deze charmante slaapplaats hadden bezorgd, wilden de leden van de gemotoriseerde bende erachter komen wie van hen aanspraak kon maken op de rechtmatige beloning. Om hen af te schepen schreef ik op bierviltjes enkele Italiaanse woorden en uitdrukkingen en afhankelijk van de situatie toonde ik *NON CAPISCO* (ik begrijp het niet), *NON DISTURBARE* (niet storen) of *ANDATE VIA* (hoepel op).

Door de felle zon en mijn kortgeknipte haar voelden mijn oorschelpen aan alsof ze rauw geroosterd werden. Aan een van de kraampjes bij Giardino Bellini kocht ik een strooien hoed met zo een brede rand dat ik alleen nog het stukje aarde rondom mijn veel te grote voeten zag. In het park ging ik tegen de gladde stam van een eucalyptusboom zitten en nam *Sei personaggi* uit mijn schoudertas. Op de achterflap stond een foto van de auteur: kaal hoofd, lange neus, sik. Luigi Pirandello, geboren in 1867 in Caos bij Agrigento, aan de zuidkust van het eiland. Ik opende het boekje op mijn schoot en gluurde vanonder mijn hoed om me heen. Op een paar meter bij me vandaan keek een meisje dorstend in de ogen van haar vriendje. Terwijl zijn handen de huid onder haar blouse zochten, fluisterde de jongen woorden in haar oor. Loze woorden, vreesde ik, valse beloften. Foute woorden kunnen een blijvend letsel aanrichten in de hersenen. Dat wist ik uit ervaring. Enkele lettergrepen zijn voldoende om kortsluiting te geven. De afgestorven hersencellen zullen zich nooit meer herstellen, waardoor de woorden zich eindeloos blijven herhalen in je hoofd. Wie spreekt draagt een bijna onverdraaglijke verantwoordelijkheid, dus konden die twee onnozele verliefden maar beter hun mond houden. Op een bierviltje schreef ik *LA MEGGHIU PAROLA E CHIDDA CA NUN SI DICI* (Het beste woord is dat wat men niet uitspreekt), en richtte me op mijn lectuur. Maar de woorden in mijn hersenen wisten niet van ophouden. De stemmen in mijn hoofd raasden door elkaar heen: dat ik het had kunnen weten, anders hoorde te zijn, geen reden om zo, en nu maar eens ophouden met ... Alsof de veertig leden van de Vereniging der Verontruste Ouders een hoog oplopend debat voerden en geen van hen, ondanks de hamerslagen van de voorzitster, bereid was zijn mond te houden. Er zat niets anders op dan het gevecht in mijn hoofd lijdzaam te ondergaan, tot mijn murw geslagen hersenen er de brui aan gaven.

De donkerte lanterfantte over de Via Etnea toen ik terug naar mijn pension ging. Met een hels lawaai cirkelden de scooterjongens rond twee blondines met een rugzak. Gebiologeerd door de nieuwkomers, merkten ze me niet eens meer op. Stelletje pubers! Op de Via di Prima sloeg ik rechtsaf. Volgens mijn tweedehands reisgids torenden er in deze buurt enorme stukken versteende lavastroom meters hoog boven de straten uit, overblijfsels van een uitbarsting van Dame Etna. Ik vond in de grauwe straatjes alleen *puttane* in hun deuropening, met hun koopwaar bloot. Een dikke oude vrouw zat wijdbeens op haar dorpel, haar lange rok opgestroopt tot boven haar opgetrokken knieën. Ze droeg geen ondergoed waardoor ik haar vlezige koninkrijk kon zien. De ouwe merkte mijn blik op, keek me brutaal aan en gromde als een buldog. De andere geverfde dames vielen meteen in, en zigzaggend tussen de keffers, jankers en bijters, repte ik me met een vuurrood hoofd de straat uit, de hoek om. Daar lachte in het licht van de straatlantaarns de veelkleurige afgebladderde voorgevel van mijn pension me toe.

Heel de palazzo straalde de schoonheid uit van vergane glorie, behalve Pietro en Piero, zij waren de opgaande zon, zelfs na de donkerste nacht deden ze me geloven dat er nog hoop was. Ook die avond schonken de tweelingbroers me bij de balie hun verleidelijke lach. Ik raakte verward door hun blik, verschool me achter mijn hoed, toonde het viltje *BUONA SERA*, liep tegen de glazen deur aan, en snelde de bruinmarmeren trap op.

Met een straal koud water van de wasbak op mijn kamer, trachtte ik de helse hitte van mijn borsten en de binnenkant van mijn dijen te spoelen. De spiegel boven de wasbak was gebarsten, waardoor mijn naakte lijf uit verschillende stukken leek te bestaan. Ik hing er een handdoek over. Uit het zijvak van mijn schoudertas nam ik het in krantenpapier ingepakte bundeltje, draaide het om zodat ik de foto in zwarte drukinkt kon zien, de donkere wallen, de scherpe contouren. Dat was ik. Vroeger. Haastig gleed ik tussen de lakens, stak het nachtlampje aan, haalde mijn dagboek en pen uit mijn tas. Maar ik kon mij niet concentreren door een klagerige stem in mijn hoofd, een zeurderig kind dat me lastigviel: Wanneer gaan we naar huis? Ik wilde dat het stil was, zodat ik kon schrijven. Maar ik had dorst en wilde drinken. Ik wilde het gezeur smoren, het hoofd onder het kussen pletten. Je gaat niet huilen! Word volwassen. Ik smakte mijn dagboek tegen de muur, stapte het bed uit en dronk een slok water van de kraan. Plots een knal en het was donker.

Alleen een dunne streep van de straatlantaarn scheen door het dichtgetimmerde luik. Ik hield mijn adem in en spitste mijn oren. Gestommel beneden en mannenstemmen. Woorden die ik niet kon verstaan. Daarna voetstappen op de gang. Iemand klopte op mijn deur: 'Problem ... Elettricità.' Vliegensvlug trok ik het laken van het bed, draaide het rondom mijn blote lijf en deed open. Daar stond Pietro, of was het Piero, met een brandende kaars in de hand. Zijn donkere ogen vol gloed zogen mijn gedachten op, zogen mij op, naar een wereld zonder woorden.

Terwijl ik Pietro, of was het Piero, uit zijn kleren help, kust hij ieder plekje van mijn roodgevlekte huid. Alle denken stopt, gedachte-kronkels sterven weg. Ik vergeet de onvolkomenheden van mijn lange lijf, mijn kleine borsten, ik word was in zijn handen, kneedbaar, vochtig en volmaakt. Ik verken zijn zacht en baardloos gezicht, lik zijn vingers, zijn tepels, zijn tengere jongenslijf, zijn geslacht, sterk, mannelijk en kloppend. Zijn adem wordt mijn adem, zijn begeerte mijn begeerte. Samen met het genot bevrijdt zich de pijn.

Huilend als een gewond dier sla ik hem, liefkoos hem, bonk met mijn vuisten op zijn borst. Hij vangt me op, streelt me, wiegt me, wil me. Enkel hier en nu, eindeloos, grenzeloos, tomeloos genot, steeds weerkerend zoals eb en vloed. Ik vergeet het verleden en de toekomst, vergeet mezelf en word één.

Nog voor de zon door de spleten in de dichtgetimmerde luiken viel en tekeningen maakte op de vermolmde houten vloer, gleed de donkere vreemdeling naast me haast geruisloos uit het smalle bed. Tegen tienen ging ik naar de kelderverdieping voor koffie en brood met abrikozenconfituur. Druk in de weer met borden, schalen en kopjes, verwelkomde de tweeling me met een stralende lach. Wie was Pietro? Wie was Piero? 'Buongiorno, signora. Dormi bene?'

Overdag doolde ik door Catania en trachtte ik de leden van de Vereniging der Verontruste Ouders te negeren, terwijl die mijn hersenen tot moes hakten: verstand verloren, beter moest weten, bedrogen uit zou komen ... Maar bij valavond wachtte ik tot het licht uitviel: 'Problem ... Elettricità.' In het schemerduister kwam Eros tot me en kuste iedere stem uit mijn hoofd. Hij streelde weer vlees op mijn botten en glans op mijn huid. Onder zijn goddelijke handen opende zich de hemel en stroomde er elektriciteit door iedere vezel, door heel mijn wezen. Geen enkele keer vroeg ik zijn naam, bang daarmee de onuitgesproken regels en de betovering te doorbreken. En bij het ontbijt waren ze daar, de tweelingbroers, en tastten met hongerige ogen mijn lichaam af: 'Buongiorno, signora. Caffè nero?' Nergens kon je aan merken wie van beiden mij die nacht bezocht had.

Zo bouwde ik met de hulp van de *twins* uit de puinhoop die ik was, mezelf weer op. Maar toch. Bij klaarlichte dag, terwijl ik op een bank langs de Via Etnea mijn broodje ham at, wist ik dat het nachtelijke bouwsel geen duurzaam bestaan beschoren was. In het daglicht zou de constructie niet standhouden. Het cement zou verbrokkelen. Ik mocht het doel van mijn reis niet uit het oog verliezen. Ik gluurde in het zijvak van mijn schoudertas naar het krantenpapieren bundeltje en naar het bericht met de foto van haar die ik niet meer wilde zijn. Het was tijd om te gaan.

Die nacht streelde ik met mijn tong langs Eros' goddelijke tanden. Heen en weer langs de rand van zijn middelste boventanden en dan een stukje naar links. Ja, daar was het. Ik kon het duidelijk voelen: er was een hoekje van zijn tand. 'Piero', zei ik. Ik wist dat het sprookje voorbij was.

twee

Mijn besluit stond vast. Ik wilde naar Necropoli de Pantalica, de dodenstad ten zuiden van Catania. Van de tweeling mocht ik mijn zware rugzak in het berghok achterlaten. Ze zouden erover waken. Een kromgebogen vrouwtje stak enkele meters voorbij de bushalte een duim in de lucht. Er stopte meteen iemand, en ze gebaarde dat ik ook moest instappen. De auto was zo heet dat mijn dijen aan de achterbank plakten en dreigden gevild te worden zodra ik zou bewegen. Ik droeg enkel mijn tot short afgeknipte jeansbroek en een T-shirt zonder mouwen, en toch gutste het zweet langs mijn langzaamaan gaar wordend lijf. Het oudje leek geen last te hebben van de hitte. Ze droeg zwarte wollen pantoffels met roze en blauwe stipjes erop en een mansbroek onder een zwarte schort. Met haar vinger tikte ze de hele tijd tegen de rand van mijn hoed en terwijl ze kraaide van de pret leek ze jonger te worden, een kind haast, een gerimpeld meisje van een jaar of acht. Enkele kilometers verderop stapte ze uit en kreeg ik een takje van de bos salie die ze bij zich had. De chauffeur kreeg ook een takje voor achter de vergulde heilige die tegen de voorruit plakte.

Een stille rit later werd ik afgezet in een boerengat, waar ik de Autobus Pantalica zou kunnen nemen. Op het pleintje voor de kerk van Santa Sofia speelden enkele jongetjes met bikkels, gemaakt van bierkroontjes. Verder leek het dorp verlaten. Er was geen bus te bespeuren. Zodra de eerste dorpeling uit zijn siësta ontwaakte en ik het viltje met *AUTOBUS NECROPOLI DE PANTALICA* liet zien, maakte die met handen en oogbollen duidelijk dat er helemaal geen bus die richting uitging.

Ferdinando werd uit de kroeg geroepen. Ferdinando, een corpulente vijftiger in een te krap maatpak, was de fiere eigenaar van een tweedeurs Fiat die hij met plezier uit de voorraadschuur haalde. Na een tocht over heuvels met amandelbomen en bloeiende mimosa, lachte hij zijn gouden tanden bloot.

'Gruviera', zei hij terwijl hij in de verte wees. 'Gruviera … formaggio.'

Toen zag ik het ook: een berglandschap met gaten, zoals de Zwitserse gruyère. Necropoli de Pantalica, de dodenstad.

Er hing een vreemde, haast onaardse sfeer. Duizenden rechthoekige graven uitgehouwen in de kalkstenen rotswanden, hoog boven woest beboste kloven. Een rustplaats voor de doden uit het ijzeren en bronzen tijdperk. Honderden rijen met gelijke graven, zwarte gaten zoals de ramen in betonnen flatgebouwen, van waaruit de onzichtbare bewoners me aan leken te staren en me opnamen in hun anonimiteit. Toch was het hier anders dan in de stad, minder kil en afgemeten, ruiger, door de oeroude bergen. En vriendelijker, alsof de dode zielen me welwillend deel lieten uitmaken van de wilde natuur. In hun buurt wist ik me geborgen en kwamen de stemmen in mijn hoofd tot rust. Hier voelde ik de opwinding en fascinatie die ik als kind op het door bossen omringde kerkhof van mijn jeugd had gevoeld. Terwijl mijn moeder bad bij de eeuwige rustplaats van zuster Esmeralda, die in handen en voeten de stigma's van Jezus Christus had, en Mark, mijn broer, omhoog plaste tegen de kromgegroeide berkenboom achter de lichtblauwe kinder-kruisjes, bleef ik dralen bij het graf van mijn grootmoeder Josefien. Hoewel ik haar nooit gekend had, was ze me zo nabij dat ik haar aanwezigheid kon voelen, zeker wanneer ik naar de reusachtige engel met wijd uitgespreide vleugels keek die haar graf bewaakte. Nooit eerder had ik een wezen gezien dat zo een serene kracht uitstraalde. Toen we langs de twaalf staties terug naar huis wandelden, voelde ik een beschermende hand boven mijn hoofd, de grote stevige hand van grootmoe Josefien, mijn engelbewaarder. Ze fluisterde me toe: 'Vergeet niet wie je bent.' In de loop der jaren verdween geleidelijk haar beschuttende aanwezigheid uit mijn leven. Op mijn negentiende verjaardag, de dag dat mijn moeder werd begraven en ik met mijn vader, broer en schoonzus achter de kist liep, was er geen engel bij me. Alleen een lege leegte achter in mijn borst.

Ik nam het pad langs het ravijn en gluurde in de hoekige graven in de bergwand. De scherpe geur van urine drong mijn neusgaten binnen. Nergens een engel te bespeuren, zelfs niet in steen. Een enkele keer groeide er een distel in het verder lege hol. Op zoek naar een geschikte plek, daalde ik op mijn teenslippers het in rotssteen uitgehouwen pad af. Hier in deze dodenstad wilde ik mijn verleden begraven. Beneden bij de door riet omringde rivier sloeg ik het weggetje links in, langs het water. De zon die net nog alomtegenwoordig was, speelde nu verstoppertje en het rommelde in de verte. Na de eerste bliksemflits wist ik dat ik haast moest maken. Met een scherpe steen maakte ik wat zand los langs de oever van de rivier, nam het krantenpapieren pakketje uit mijn schoudertas, maakte voorzichtig de plakbandjes los en haalde de bundel koperblonde krullen eruit. De hemel kraakte. Mijn jas had ik achtergelaten in mijn rugzak bij de tweeling omdat het hier toch nooit regende. Snel gooide ik de aarde over de bundel haren, legde de krant erbovenop met de foto naar beneden, en bedekte het geheel met een blok lavasteen. Opnieuw gekraak en gedonder. Vanuit de holen hoog in de bergen klonk het geweeklaag van de dode zielen: 'Hoe, oe, oe ...' Haastig stapte ik voort langs de rivier. Nog even keek ik om naar een koperen krul die onder de lava vandaan kwam. Was daar verderop een pad terug omhoog? Dikke druppels vielen op mijn hoed, op mijn blote armen en benen. Ik moest een schuilplaats vinden, maar toch liever geen nauwe, stinkende grafkelder. Die graven waren niet geschikt voor iemand van mijn lengte. Even verderop liep het weggetje dood op - gelukkig -

een zeer ruime natuurlijke grot. Onder de hoge ronding stond ik droog.

Aarzelend ging ik dieper de brede spelonk in. Rond de resten van een kampvuur slingerden een paar zwartgeblakerde kookpotten. Een dik touw leidde naar een hoger gelegen graf in de steile achterwand van de grot. Daar had vast ooit iemand gewoond! Het was kil in de grot en mijn kleren waren nat. De regen kletterde op de rotsstenen voor mijn schuilplaats, donder en bliksem volgden elkaar snel op. Voorlopig kon ik hier niet weg, dus ging ik zitten op een van de stenen die als zitbankjes dienst deden en haalde mijn vleermuistrui uit mijn schoudertas. Toen zag ik pas de schildering op de wand.

Een tenger jong meisje in felle kleuren op de grijze rotssteen geverfd. Haar naam met grote letters op haar mouwloze shirt: *JESSICA*. Groen slipje, lang okerkleurig haar en opvallend staalblauwe ogen. Ze is zo levensecht dat ik haar haast hoor ademen. Er is iets vreemds met Jessica's gezicht, haar ogen staan een beetje scheef. Alsof het meisje vanuit de wand angstig om hulp smeekt, alsof ze vraagt haar uit de rotssteen te verlossen. Bij het licht van de volgende bliksemschicht zie ik opeens waar zij bang voor is. Op de achtergrond, naast Jessica, zweeft een hoofd met slangenhaar en een gelig, haast demonisch mannengezicht, scherpe jukbeenderen, dik omrande ogen en vette lippen. Wat zijn die donkere spatten op Jessica's gezicht? Geen verf. Bloed!

Ik stond op om te kijken en stootte met mijn voet tegen een steelpannetje wat een rammelend geluid maakte. Er lagen spuiten in en er hing bloed aan het pannetje. Plots riep iemand iets van bovenaf, en ik schrok heftig. Een meisje, een écht meisje, met een verwarde honingblonde haardos, een zwart kruis op haar voorhoofd en donker geverfde lippen hing over de rand van het graf in de achterwand. Jessica! Ze vroeg kwaad iets in het Italiaans. Het meisje bestond werkelijk! Ik grabbelde in mijn handtas en toonde het viltje *NON CAPISCO*. Dan snelde ik zonder omkijken de grot uit, het glibberige weggetje af, langs de oever waar mijn 'oude ik' begraven lag. 'Oe, hoe, hoe', huilden de dode zielen vanuit hun graven. Door de kletsende regen klauterde ik steil weer omhoog en kwam doornat en buiten adem boven.

Er was vast al meer dan twee uur verstreken sinds Ferdinando me had afgezet en ik vreesde dat hij zich niet aan zijn belofte zou houden. Onmogelijk kon ik te voet voor het donker in het dorp geraken. Maar toch. Ik wilde niet teruglopen naar de grot en Jessica vragen om de nacht daar door te mogen brengen. Met mijn hoed over mijn oren getrokken, liep ik weg uit de dodenstad door het onweer richting bewoonde wereld. Ik tuurde door de striemende regen naar de weg. Niets. Opnieuw een donderslag. *Grazie mille!* In de verte naderde de zilveren Fiat van Ferdinando.

Mijn dikbuikige redder haalde jute zakken uit zijn kofferbak en terwijl we door het opgeklaarde landschap reden, werd het al gauw behaaglijk warm onder de kriebelige dekens. Omdat ik niet de juiste bierviltjes had, sprak ik niet met Ferdinando over de rotsschildering en mijn ontmoeting met Jessica in de grot. Met één hand op het stuur vouwde mijn chauffeur een landkaart open. Vroeg hij waar ik naartoe wou? Even aarzelde ik of ik niet terug naar Catania zou gaan, dan wees ik de eerste stip aan richting zuiden. Bij de volgende splitsing sloeg Ferdinando rechtsaf een bergpad op. Hij wees naar de vergulde heilige die op de voorruit plakte: 'Santa Rosalia.' Slechts flarden verstond ik van wat hij me vertelde, maar ik genoot van de zangerige klank van zijn stem: 'Festino di Santa Rosalia … la processione del carro … grande festa … bella Sicilia …' Hij straalde toen ik het takje salie dat ik van het liftende oudje had gekregen achter het beeldje stak. Ik gooide de jute zakken van me af en draaide het autoraampje open.

Tijd is iets vreemds, soms kruipt hij trager dan een slak, een bitter slijmspoor achterlatend. Soms heeft hij vleugels, en tilt me op naar duizelingwekkende hoogtes. Op andere momenten staat hij stil. Zoals nu. We rijden langs de rand van een diepe kloof, gigantische wanden uitgesneden door een rivier die ooit een wilde stroom was. Overrompeld door ontzag voor de woeste schoonheid van de schepping, sterven mijn gedachten weg, gepieker valt weg. Alleen nog kijken, ik neem de omgeving in me op. De bergen nemen mij op. Ik ben de bergen, de bomen, de blauwe lucht. Vormloos neem ik alle vormen aan. Ik ben mijn vele stemmen, mijn vele gezichten en toch één. Ook de Niet-Beminden en de Verontrusten zijn opgenomen in het geheel. Ik omvat hen, ben alles. Compleet.

Nu rijden we langs de kust. Een strand met een rij badhokjes, daarachter het blauw van de Ionische Zee. Een warme bries streelt mijn huid. Kilometers lang azuurblauwe oneindigheid. Ik neem de immense zee in me op. Het water neemt mij op. Ik ben het eindeloze blauw.

drie

'Lady', een zangerige mannenstem maakte me wakker. Ferdinando stond bij mijn geopende autoraam en wees enthousiast naar een middeleeuwse walpoort: 'Syracuse!' Ik grabbelde naar mijn schoudertas, sprong de auto uit en schudde zijn zwartbehaarde hand. 'Grazie. Grazie mille.' Ferdinando lachte al zijn tanden bloot en het goud blikkerde in de zon.

De zee die de landtong omarmt waarop de oude stadskern van Syracuse rust, ademde zilte lucht door de nauwe steegjes. Het was acht uur 's avonds, de winkeliers deden de luiken dicht. In Bar Ortigia, met uitzicht op het haventje, wilde ik een goedkope slaapplaats vragen. Flauw van de honger wrong ik me door het manvolk tot bij de toog. De vrouw achter de tap leek uit een oude film te komen: getoupeerd haar, potloodlijntjes als wenkbrauwen, wespentaille, weelderige boezem. Ik wees naar iets in de buffetkast dat op macaroni leek. Mijn oog viel op een foto in de krant die op de tapkast slingerde: op een desolaat parkeerterrein kijkt een man verbijsterd naar de contouren van een mensenlichaam onder een wit laken. Er steekt een vrouwenschoen onder het laken vandaan. 'La Cosa nostra', verduidelijkte de waardin, terwijl ze met een wapperend gebaar met haar hand te kennen gaf dat het om een louche zaak ging. Daarna vouwde ze de krant dubbel en serveerde er het bord met eten op.

Staande aan de toog at ik van de weeïge drab. Ik dacht aan de krullen die ik vandaag had begraven en aan het meisje in de grot. Jessica had er bleek uitgezien, met holle ogen en zwarte wallen. Ze was hooguit vijftien. Zou zij alleen tussen de doden wonen? Buiten op straat klonk: 'Oh yes, I'm the great pretender.' Door de openstaande deur zag ik de zingende muzikant, lang peper- en zoutkleurig haar, een verweerd gezicht, versleten jeans. Hij was langer dan ik, en ouder, vooraan in de dertig schatte ik. 'I seem to be what I'm not, you see, I'm wearing my heart like a crown …' Ik gluurde van achter mijn hoed en na 'Pretending that you're still around' zag ik de gitaar naar binnen komen. De man bestelde een biertje en draaide zich in mijn richting. Terwijl ik het viltje met *NON CAPISCO* uit mijn tas haalde, viel *SONO BELGA* (ik ben Belgische) op de grond. Hij raapte het op, keek onder mijn hoed en vroeg of ik Nederlands sprak. Ik knikte.

Zijn naam was Jaap en hij was wereldreiziger, had India doorkruist, Marokko, Cuba … Jaap praatte honderduit, ik luisterde. Het deed me deugd zijn taal te verstaan, al verdwenen er flarden van zijn verhaal in het geroezemoes ... Hij snapte niets van de Belgische politiek, wij Vlamingen konden ons toch beter bij hen, de Nederlanders, aansluiten ... Ik vroeg of hij wist dat er jongeren in de grotten van Pantalica woonden. Hij was nog nooit in de dodenstad geweest. Of ik al Marsala had geproefd? Nee, maar dat wilde ik wel, de espresso lag zwaar op mijn maag. We gingen aan een gammel tafeltje zitten, plastieken kleedje, bloemenmotief in schreeuwerige kleuren. De zoete amandelsmaak van het drankje beviel me. Jaap was een soefi. Een soefi, legde hij uit, is iemand die niet bezit en door niets bezeten is. Dat vond ik wel mooi, ook dat die eerste 'niet' zonder 's' was. Je mag wel iets bezitten, maar je er niet aan vastklampen!

De bar begon leeg te lopen, ik maakte me zorgen om een slaapplaats, maar Jaap verzekerde me dat hij een goedkoop adresje wist. Dus bestelden we nog een Marsala, terwijl hij me het geheim van geluk uitlegde. Mensen zoeken genot in dingen die buiten hen liggen, maar dat geluk is kortstondig, verkondigde hij, echt geluk kunnen we alleen bij onszelf vinden. Ik dacht aan de twins. Juist door mezelf te verliezen, vond ik geluk, door op te gaan in iets of iemand anders, kwam ik thuis bij mezelf. Wie zou Jaap zijn zonder mij, zijn stille toehoorder?

De slaapplaats lag in een van de vele kleine steegjes van de oude stad. Nergens kon je aan zien dat het een pension was. Het leek me eerder een plek waar maffiosi hun geheime bijeenkomsten organiseerden. Er groeiden struiken door het dak en er zat zwarte plastiek voor de kapotte vensters. Maar Jaap was erg zeker van zijn stuk en legde me uit dat vele Sicilianen een kamer verhuurden om wat bij te verdienen. Hij klopte krachtig op de deur. Giuseppe deed open, een pokdalig gezicht met zwarte baret en grijze stoppel-baard. Hij kwam tot aan mijn boezem en keek ongegeneerd in de halsuitsnijding van mijn T-shirt, waarna hij ons binnenliet in een kamertje dat naar kerosine stonk. Toen hij ons het gastenboek overhandigde, was ik enigszins gerustgesteld; dit gure hol was een officiële slaapgelegenheid. Giuseppe was vast analfabeet, want we moesten zelf onze identiteitsgegevens invullen. Even twijfelde ik, maar dan krabbelde ik resoluut: Cassandra Angeli.

Toen we de trap naar de zolder opgingen, overviel me een vreemd voorgevoel en dat had niet alleen met het naargeestige huis te maken. Ondanks de benauwende hitte, rilde ik. Er hing onheil in de lucht. Ik duwde een viltje met *PERICOLO* (gevaar) in Jaaps handen, maar die reageerde geërgerd. Giuseppe toonde me waar het toilet was. Ik voelde me misselijk, een wee gevoel in de maag-streek. Dat kwam vast door de Marsala. En ik was premenstrueel. Ik wilde nog zeggen dat ik graag mijn eigen bed had, maar vond de juiste viltjes niet en Jaap, die vloeiend Italiaans sprak, had de kamer al betaald.

Zo gauw we in bed liggen, trekt hij mijn shirt uit. Ik kijk hem niet aan, laat hem begaan. Buiten vechten katten, gerinkel van glas op de straatstenen. Hij draait me op mijn buik alsof ik een pop ben en neemt me, bijna mechanisch. De kussensloop ruikt duf, zoals kleren die je nat in je rugzak hebt laten zitten. Ik wil deze scène herschrijven. Enkele woorden maken een hemelsbreed verschil, bijvoorbeeld: *SI FERMI O GRIDO* (hou op of ik ga gillen). Maar ik gil alleen vanbinnen, de smaak van kiezel in mijn mond. Een kreun, hij rolt van me vandaan. Ik kijk in de leegte, neem me voor 's morgens meteen te vertrekken. Aan zijn ademhaling te horen, slaapt hij. Hij wordt ook niet wakker van de donderslagen, de bliksemschichten en de regen die klettert in de ijzeren emmers die onder de kapotte pannen staan. In een flits zie ik het gezicht van het grotmeisje dat gevangen zit in de rotswand. Versteend. Jessica roept om hulp maar er komt geen klank uit haar mond. Een blik vol blauwe leegte.

Een felle klop op de deur. Opnieuw geklop en geroep: Carabinieri! Meteen klaarwakker vond ik het lichtknopje, maar de lamp deed het niet. Jaap stapte het bed uit en opende de deur. Mannen in uniform. Ik hoorde hen in het Italiaans discussiëren en griste in het schemerdonker naar mijn kleren. We moesten meekomen, de kamer uit, de trap af, de combi in. Syracuse lag er stil en ontdaan bij, alsof de stad platgeslagen was door het hevige onweer en wachtte op het licht en de warmte van de zon die in een mum van tijd alles weer in de vertrouwde levendigheid zou herscheppen.

Op het politiekantoor namen de agenten Jaap mee. Ze verdwenen in een gang naar achteren. Ik moest wachten in de hal van waaruit ik, door de half openstaande deur van het kantoortje tegenover me, kon zien hoe een agent mijn paspoort bestudeerde. Ik wilde hem zeggen dat Jaap er niets mee te maken had, hem uitleggen hoe ik ertoe was gekomen om mijn identiteit te vervalsen. Maar ik wist niet waar te beginnen, had last van mijn maag en een snoerende pijn in mijn borst. De agent telefoneerde, discussieerde met een collega en telefoneerde opnieuw terwijl hij naar mijn paspoort keek. Ik zou om een advocaat kunnen vragen, maar kon dat niet betalen. Zou er een zware straf op mijn misdrijf staan, zou ik in de gevangenis belanden? Hopelijk kon ik mijn vader hierbuiten houden, hij veronderstelde dat ik met Katrien in Frankrijk zat, op het theaterfestival van Avignon. Ik beet op mijn lip tot die bloedde.

De agent riep me naar binnen. Afwisselend keek hij naar mijn gezicht en naar de foto op het paspoort. Ik stond er nog met lange blonde krullen op.

'Sei?'

Ja, dat was ik. Het bewijsmateriaal lag in de dodenstad begraven.

Vroeg hij wat de reden was van mijn reis? Ja, hij wilde weten waar ik naartoe ging. Snel viste ik *Sei personaggi in cerca d'autore* uit mijn schoudertas en schreef op een biervijtje CAOS/AGRI- GENTO- LUIGI PIRANDELLO.

Tot mijn verbazing riep hij verrukt: 'Ah Pirandello, Pirandello!', gaf mijn paspoort terug en gebaarde dat ik mocht gaan. Ja, ja, ik had het goed begrepen: het was in orde, ik mocht gaan!

Het liefst wilde ik zo snel mogelijk naar buiten, voordat hij van gedachte zou veranderen. Maar toch. Ik voelde me verantwoordelijk en wachtte in de hal op Jaap. Met handboeien om brachten twee agenten hem binnen. Jaap gaf me een bizarre uitleg: hij had gevangen gezeten in Palermo, door een misverstand, een drugskwestie, na enkele weken werd hij vrijgelaten, maar er ging iets fout met de papieren waardoor hij op een zwarte lijst terechtkwam. 'Wil je mijn gitaar voor me bewaren,' smeekte hij, 'ze ligt nog op de kamer.'

Buiten was de dag nog maar net begonnen, maar de warmte viel als een verstikkende deken op me. Ik liep de hoofdstraat op, verfriste me met het water van de Dianafontein op Piazza Archimede en liep verder tot bij de ruïnes van de Apollotempel. Hier moest ik, dacht ik, rechtsaf. Marktkramers bouwden hun stalletjes op. Vanuit de plastieken bakken staarden dode vissen me met hun bolle ogen aan. Hun geur maakte me misselijk. Ik liep een zijstraat in, zocht een herkenningspunt. De zee! Bij de waterkant vond ik het kroegje van gisterenavond dat nu gesloten was. Hier was het niet zo ver vandaan. Ik liep straat in, straat uit, kwam weer bij de marktkramers uit. Pieken haar plakten in mijn gezicht. Nieuwe poging. Opnieuw de zee en een doodlopende straat. Wacht eens even, die deur met kippengaas, dat raam met de zwarte plastiek. Daar was het!

Giuseppe herhaalde wel duizend maal 'Mi scusi, mi scusi, non ci posso fare niente' (het spijt me, het spijt me, ik kan er niets aan doen). Het leek wel een schuldbekentenis. 'Mi scusi mi scusi ...' Hij probeerde duidelijk te maken dat hij verplicht werd de namen van zijn gasten door te geven aan de politie. Er parelden zweetdruppeltjes op zijn voorhoofd. Giuseppe was doodsbenauwd voor vergeldingen! 'Mi scusi, mi scusi ...' Zijn litanie stopte door mijn viltje met *SI PERDONA* (het is je vergeven). De baas was duidelijk opgelucht met mijn verzoenend gebaar.

Mijn hoed lag nog onder het bed, mijn dagboek en de gitaar ook. In het daglicht zag ik pas hoe walgelijk smerig het hurktoilet was. Nergens toiletpapier te bespeuren, ik schudde de druppels af. Hoewel ik nog steeds niet ongesteld was, stak ik een tampon in het buitenzakje van mijn schoudertas. Terug beneden stond Giuseppe erop dat ik koffie dronk voor ik de straat op ging. Nadat ik het bittere goedje naar binnen had gewerkt, opende hij de voordeur voor me, snoof de lucht op, en maakte een onheilspellend gebaar naar boven: 'Sirocco.'

Twee straten verderop stak er een felle, hete wind op. Een winkelier voerde een hopeloos gevecht met de luifel. De stoffige lucht schuurde mijn huid en het was een hele kunst om hoed, schoudertas en ook nog de gitaar vast te houden. Wat liep ik in hemelsnaam met dat ding te doen! Mijn hoofd was ijl en de koffie lag zwaar op mijn maag. Een plotse rukwind. De hoed! Ik liep hem achterna, maar hij verdween over de daken. Op een braakliggend stuk grond tussen twee huizen vond ik bescherming. Ik voelde me duizelig, gooide de gitaar op het uitgedroogde gras. Die nep-soefi kon me gestolen worden! Het zweet brak me uit. Iemand kneep mijn hart dicht, ik kreeg geen lucht meer. Onhoudbare pijn tussen mijn schouderbladen. Ik kronkelde over de grond, haalde mijn rug open aan een stuk glas. De wereld rondom vervaagde. Met opengesperde ogen trachtte ik me aan het bewustzijn vast te klampen. Wou hulp roepen, maar iemand verfde mijn woorden doof. Dan verdween ik in de zwarte vergetelheid.

Plots baad ik in een zee van licht, mijn hart opent zich, ik voel de kracht vanuit mijn schouderbladen, spreid mijn vleugels en zweef boven de daken.

Krist'l

'Hoe kwam je ertoe jezelf Cassandra te noemen?' De burgemeester houdt zijn kruisverhoor even hardnekkig vol als de regen het martelen van de autoruiten. Zijn vraag klinkt beschuldigend, alsof ik het lot heb uitgedaagd door mijn onverantwoordelijke gedrag.

Ik haal mijn schouders op. Er valt geen eenduidig antwoord te geven.

'Was zij geen Griekse zieneres?'

Ja, knik ik. Zijn kennis van de mythologie verbaast me. Cassandra, de profetes van de verdoemenis. Beter de hoofdrol in een Griekse tragedie, dan gevangen zitten in een Vlaamse driestuiverroman. Zal ik het woord 'Verdoemenis' opnemen in mijn Boek met Sacrale Woorden? Niemand in deze maakbare wereld gelooft nog in de vloek van de goden of in het goddelijke lot. *Daimon!* De Griekse drager van ons lot en beschermengel van onze roeping zal ik van het uitsterven redden! Alleen onze daimon, onze zielsmetgezel, weet nog wie we in wezen zijn en wat we hier op aarde te doen hebben. Hij of zij verdient een plaats in mijn boek.

Antwerpen 12 kilometer, het verleden nadert. Terwijl de burgemeester de zondvloed bestrijdt en een ellenlange rij gele lichten aan ons voorbijglijdt, komt er vanuit het niets een weeïg gevoel opzetten. De burgemeester reageert bliksemsnel op mijn wilde gebaren en rijdt de vluchtstrook op. Nog voor de wagen helemaal stilstaat, vlieg ik happend naar lucht de berm op. Mijn hart gaat als een gek tekeer, een golf misselijkheid zoekt vanuit mijn onderbuik kokhalzend een weg naar boven en door mijn keelgat naar buiten. Nog voor de ene golf is weggestorven, buldert de volgende met groot geweld door mijn lijf, perst me binnenstebuiten, braakt mezelf uit. Wanneer de storm is uitgeraasd, blijft er geen stinkend misbaksel achter op de berm. Alleen een beetje schuim.

'Wagenziek', verklaar ik terwijl ik weer instap en zijn bezorgde blik ontwijk. Met de grote gestreken zakdoek die hij me aanreikt veeg ik de regendruppels van mijn gezicht en het slijm van mijn mond. Dan rijden we voort door de stilte van de nacht, ieder in onze eigen wereld.

De Gedempte Zuiderdokken. Door de natte voorruit doemt in de donkerte het oude pakhuis op, de Antwerpse Hoge School voor Vrije Expressie. Even meen ik de Iron Lady te horen, het snerpende geluid van de oude lift van het gebouw. Bij de Schelde draait de burgemeester de kade op, en stopt vlak bij mijn studentenkamer in het huis met het stenen balkon. Ik werp een steelse blik opzij en zie hoe de burgervader met een vermoeid gebaar over zijn gerimpelde voorhoofd wrijft.

'Mijn plan was,' zeg ik in een poging hem alsnog tegemoet te treden, 'om vanuit Caos een prentbriefkaart te sturen.'

'Het leven verloopt niet altijd volgens plan.' Zijn stem klinkt plots triest, alsof hij eronder lijdt dat hij mij niet kan beschermen tegen onvoorziene wendingen. Zijn handen rusten op het stuur, wonderlijk kleine en fijne handen die iets kwetsbaars geven aan de imposante man die hij is. In een opwelling streel ik de ader op zijn hand. Er verschijnt een glimlach op zijn gezicht, een glimlach die mij vreemd vertrouwd is. De ontwapenende glimlach van burgemeester Engelen. Mijn vader.

Hij strijkt over mijn kortgeknipte haar: 'Ga je echt niet mee naar Limburg?'

Thuis is thuis niet meer sinds Ilse, mijn schoonzus, er na de dood van mams de touwtjes in handen heeft genomen. Ik draai met mijn ogen en trek aan zijn baard. Dan stap ik uit en wuif hem na.

Minutenlang blijf ik in de gutsende regen staan, zijn lichtblauwe zakdoek in mijn hand geklemd. De zeldzame keer dat ik met mijn vader alleen was, omhuld door de intimiteit van de auto in de nacht, heeft de moed me ontbroken openhartig met hem te praten.

Er schijnt licht door het Franse rolluik van het raam op de eerste verdieping. Katrien is nog wakker. Het is vreemd mijn naam op de deurbel te lezen: Krist'l Engelen. Alsof de lange Limburgse met de blonde krullen, die amper zes weken geleden nog les volgde op de Hoge School voor Vrije Expressie, helemaal iemand anders was.

vier

Telkens als de lift in het pakhuis aan de Gedempte Zuiderdokken een lading luidruchtige studenten van de Hoge School voor Vrije Expressie naar hun oefenlokalen bracht, kreunde het ijzeren gevaarte als een oude matrone op haar sterfbed. Bij iedere naderende etage leefde ik mee met haar tandengeknars en levensmoeë gezucht. Er gingen geruchten dat de Iron Lady gedreigd had zich in haar eigen diepte te storten. Als er niet gauw gehoor werd gegeven aan haar lijden, zou ze zich overgeven aan de wet van haar zwaartekracht en onschuldige slachtoffers meesleuren in haar wanhoopsdaad.

Michiel, onze leraar dramaturgie, een begeerde veertiger die zijn aantrekkingskracht niet te danken had aan zijn gedrongen uiterlijk, maar aan zijn radde tong en botte charme, nam samen met enkele getrouwen steevast de steile houten trap achter aan het gebouw. 'Je mag het Noodlot niet tarten', waarschuwde hij de liftgebruikers, wat een vreemde uitspraak was voor iemand die beweerde dat de Griekse tragedie op sterven na dood was. Het koor dat het Lot verdoemde, was naar zijn zeggen even achterhaald als de sprong in de archaïsche mond van de goden, grote wanhopige daden waren niet meer van deze tijd. 'Tegenwoordig', zo vervolgde hij en ik was ervan overtuigd dat hij in mijn richting had gekeken, 'kan men alleen nog in de afgrond van de eigen onbeduidendheid springen.'

Het laatste semester was begonnen en als afsluitende proef regisseerden we elkaar afwisselend. Ik had scènes uit Antigone gekozen, het treurspel van de Griekse dichter Sofokles. Mateloos geboeid was ik door het meisje Antigone, dat in opstand komt tegen haar oom Kreon en met haar verzet de hele wereld van strakke principes op de knieën krijgt. Katrien had ik voor die rol uitgekozen, want hoewel ze klein was van gestalte, straalde haar donkere schoonheid - de gladde gebruinde huid, het zwarte carrékapsel - een kracht uit die perfect bij het sterke karakter van Antigone paste. Bovendien kwamen wij beiden uit Dreikerke, de gemeente uit de Limburgse Kempen waar mijn vader burgemeester was. Buiten een paar groene ogen leken we uiterlijk niet op elkaar, toch wisten we sinds we als kind samen bomen omhelsden, onze magere armpjes rond de stevige stam, onze warme lijfjes tegen hun ruwe schors, dat we tweelingzielen waren, van de Siamese soort. Omdat Katrien op internaat had gemoeten, werden we op ons twaalfde ruw gescheiden. Het was alsof ik op één been liep en een nier miste of een long, waardoor ik niet ten volle kon ademen. Nu we weer waren herenigd, kreeg mijn tweelingziel vanzelfsprekend de hoofdrol in Antigone.

Onze dramaturgieleraar vreesde dat mijn productie een tragedie zou worden in de ware zin van het woord. Mijn regie had naar zijn zeggen het kleffe niveau van een suikerspin op de Sinksenfoor, op het eerste gezicht misschien verleidelijk, maar na één hap wist je dat je bedrogen was. 'De meisjes uit Limburg', zei hij en hij keek Katrien daarbij uitdagend aan, 'mogen wat taaier worden, een harde schil ontwikkelen zoals de Pommes d'amour. Om bij hun heerlijke vruchtvlees te komen moet je door een dikke rode glazuurlaag bijten.' Katrien sloeg grauw uit en zag er even allesbehalve appetijtelijk uit. 'Ik wil passie', vervolgde Michiel, 'geen melodrama van een stel pubermeisjes.' Hij maande mij aan minder weifelend te worden in mijn regieaanwijzingen, meer vastberaden in het stelling nemen. Uit protest kocht ik tijdens de pauze een extra grote - wit met roze - suikerspin op de kermis, die zoals ieder jaar vanaf het pinksterweekend de Gedempte Zuiderdokken inpalmde. Hartstochtelijk happend van mijn *barbe à papa* wilde ik Michiel de gesponnen suiker voorhouden: 'Ook een hapje?' Maar Katrien vreesde dat ik daarmee zijn oordeel zou bevestigen, dus oefende ik me, zoals onze leraar me had aangeraden, in het opnemen van mijn autoriteit en in een zelfzekere aanpak.

Ben, die met zijn volle lippen op Mick Jagger leek en de rol van koning Kreon speelde, hield wel van mijn nieuwe kordate ik. In de lift fluisterde hij in mijn oor: 'Liefde, triomfantelijke liefde, jij bespringt de beesten!' Dat was geen tekst van Kreon, maar van het koor. De koorliederen had ik op aanraden van Michiel geschrapt, de burgerlijke bekrompenheid ervan was naar zijn zeggen erg oubollig. Maar uit de mond van Ben klonk de tekst helemaal niet bekrompen!

De geur van onze inspanningen hing nog in het repetitielokaal op de hoogste verdieping, toen we er na de pauze binnenkwamen. Ik zette de ramen open, zodat we met wat frisse lucht konden herbeginnen.

'We starten op bladzijde 27 vers 450, bij Jouw wet komt niet van de goden!'

Ben zocht zijn tekstboekje. Katrien, die de Iron Lady ingeruild had voor een klim van op zijn minst honderddertig treden, kwam glanzend als een Jonagold het lokaal binnen. Terwijl ze zich om-kleedde, maakte ik haar duidelijk dat het meisje Antigone er brandend naar verlangt de vrouw te worden die ze in zich draagt. Alleen door niet te wijken kan ze worden wie ze werkelijk is.

'Je kijkt recht in Koning Kreons ogen,' instrueerde ik haar, 'je aanvaardt zijn macht niet en weigert je neer te leggen bij zijn meedogenloze wet. De wetten van Antigone zijn de wetten van het Hogere. Ongeschreven wetten. Vrouwelijke wetten!' Tegen Kreon herhaalde ik: 'Denk erom, voor jou zijn je principes belangrijker dan je eigen vlees en bloed.' Mijn stem klonk erg vastberaden en ik kreeg plezier in mijn nieuwe zelfzekere ik.

'Jouw wet komt niet van de goden', declameerde Katrien. 'Hij is onrechtvaardig. De goden bedenken zulke wetten niet voor de mensen.'

Ze begon sterk, alsof plots een vuur oplaaide dat allang in haar lag te smeulen. Ben keek Antigone aan zoals een koele vader een ongehoorzame puber: hij zou dat koppige karakter breken!

'Ik weet,' vervolgde Antigone, 'jouw wet is zwak. Jij bent een mens - jij kan de ongeschreven onverbiddelijke wetten van de goden niet negeren. Die zijn niet gisteren bedacht - zij zijn eeuwig.'

Ik sloot de ramen, het was heftig beginnen te waaien.

'Opnieuw!' onderbrak ik Katriens monoloog. 'Je waakvlammetje dreigt uit te doven. Antigone moet Kreon met haar woorden doden, haar tong moet scherp zijn als een mes!'

Mijn tweelingziel protesteerde: 'Er staat in de tekst dat Antigone met haar hoofd gebogen staat. Haar kracht is ingetogen, niet rauw of baldadig.'

'Toch geloof ik dat Sofocles het zo bedoeld heeft', weerlegde ik, maar dat ik steun zocht bij de ongeschreven wetten van de auteur gooide alleen maar olie op het vuur. Mijn actrice weigerde de rol te spelen volgens mijn aanwijzingen. De ironie van het geheel ontging me niet, net als Koning Kreon had ik af te rekenen met een tegenwerkende Antigone. Katrien wilde haar personage ingehouden maken, maar ik wilde geen Antigone die meer op haar lijdzame zuster Ismene leek dan op zichzelf.

'Je verloochent je eigenste zelf sinds je het aan Michiel hebt geschonken', gooide ik eruit in een noodlottige poging mijn weerbarstige tweelingziel welwillender te maken. Ik beet op mijn tong, maar het was te laat: de woorden waren ontsnapt en boorden zich in Katrien. Beduusd keek ik toe hoe ze er in nauwelijks enkele seconden in slaagde van het kleed van Antigone te wisselen naar haar nauwsluitende spijkerpak. Ik zag nog net hoe ze een traan uit haar ooghoek veegde, toen de deur van het repetitielokaal achter haar dichtveerde. Ben maakte een sissend geluid tussen zijn tanden. Het rode kleed van Antigone bleef als een vlammend verwijt achter op de planken vloer.

Ik had Katrien beloofd met niemand - ook niet met Ben - te praten over haar geheime liefde voor Michiel. Maar geheimen spelen een smerig dubbelspel, enerzijds vragen ze om bewaard te blijven, anderzijds smeken ze er haast om uitgebazuind te worden. In een onbewaakt moment had ik aan die laatste oproep niet kunnen weerstaan. Maar toch! Wat stelde mijn kleine loslippigheid voor in vergelijking met het lot van Griekse heldinnen?

Dankzij de bemiddeling van Ben trok Katrien een kwartier later het kleed van Antigone weer aan, maar onze gekwetste tweelingziel herstelde zich niet goed. Er was een gevoelige snaar geraakt, onze gelijkgestemdheid was verknoeid. We deden pogingen om weer op dezelfde golflengte te komen. Oppervlakkig klonk ons samenzijn zoals voorheen, maar fijngevoelige oren konden de valse ondertonen horen.

Tot overmaat van ramp werd ik die dag bij onze dramaturgieleraar geroepen om mijn regieconcept te verdedigen. Op zijn schrijftafel stond tussen de telefoon en een stapel verslagen, een ingelijste foto van Michiel met een vrolijke jongen van een jaar of zeven. Ik wilde vragen of het zijn zoontje was, maar hij keek me zo dwingend aan, dat ik snel in mijn aantekeningen rommelde en er een citaat van Rainer Maria Rilke uitviste: 'Ontneem me mijn duivels niet, want misschien vluchten mijn engelen dan ook.' Ik wilde verduidelijken dat Antigone koste wat kost haar vuur wilde bewaren, dat ze liever op wilde branden dan uit te doven, maar Michiel gaf me geen kans en stak een hartstochtelijke monoloog af over de dood van de tragedie: waarheid is relatief, het sacrale denken is niet meer van deze tijd. Ik knikte 'Ja, ja, natuurlijk.' 'Zwijgen is goud', zei hij, en ik liet hem praten. Maar even later ontglipte me: 'Neen, helemaal niet, Antigone moet spreken, vrouwen mogen

hun mond niet houden, samen met de heksen is alle magie ver-
brand!' In de daaropvolgende scherpe alleenspraak van Michiel
toonde hij aan dat ik even opstandig en tegendraads was als Antigone,
even kortzichtig en halsstarrig als koning Kreon, en even zwak en
hulpeloos als Ismene. 'Kortom,' zei hij, 'je productie begint erg op
jou te lijken: versnipperd.'

'Bedankt', mompelde ik, al wist ik niet goed waarvoor.

'Misschien had jij je beter niet aan een Griekse tragedie gewaagd',
vervolgde hij terwijl ik zijn kantoor uitging. 'Pirandello!' riep hij
uit. 'Jij kunt beter iets van Pirandello kiezen. Zes personages op
zoek naar een auteur!'

Ik durfde niet te zeggen dat ik nog nooit van Pirandello had
gehoord.

Op straat waaiden mijn toen nog lange blonde krullen alle kanten
uit. Weggedoken in de kraag van mijn jas stapte ik naar de flat bij
de kade die ik deelde met Katrien. Ik had niet veel zin om samen
met mijn mokkende vriendin bloemkool met worst te eten. Op
de hoek van de Namenstraat kwam ik Ben tegen. Hij zag er wild
uit, zijn lange witte overhemd stond bol van de wind. Of hij zin
had in een *Pomme d'amour*? Michiel kon voor mijn part doodvallen
en Katrien kon haar eigen potje stoven. Katrien overdreef. Tenslotte
had ik het niet voor de hele aula uitgeschreeuwd dat onze leraar
na de fuif vorige donderdag beneveld op haar kamer was beland,
en Katriens slipje - het witte met kant - als een trofee met zich
mee had genomen.

Opeens drong het tot me door dat Michiels pleidooi (Waarheid
is relatief, zwijgen is goud) niets te maken had met mijn regie,
maar met een wanhopige poging mij te laten zwijgen over zijn
escapade met Katrien. Happend van de appel stapte ik met Ben
tegen het stormweer in richting Schelde en vertelde hem dat Michiel
mij een versnipperde persoonlijkheid had genoemd. Terwijl Ben

mij trachtte te verlossen - mijn haren waren tegen de appel gewaaid en aan het rode glazuur blijven hangen - heette hij me welkom bij de geperforeerden, gefragmenteerden, versplinterden en verscheurden. Mijn nieuwe ik, zei hij, hoorde bij de generatie van de versnipperden, en dat was heel wat interessanter dan een achterlijk ik uit Dreikerke. Bevrijd uit het hof van Eeden, liepen we de kade op, negeerden het bordje springtij, en brulden teksten uit Antigone over de kolkende stroom. Mijn nieuwe ik was geboren. Het Limburgse meisje dat met fierheid haar schooluniform had gepast, was samen met de donkerblauwe blouson en plooirok tot over de kuiten, doorgegeven aan het dochtertje van een minderbedeelde.

Een vreemdsoortige kilte hing in het oude pakhuis toen Ben en ik er nipt op tijd voor de avondrepetitie binnenkwamen. Het sombere gebouw, normaal opgefleurd door het gekwebbel van de studenten, ging gebukt onder een ijzige stilte. Katrien keek me aan met de blik van een waanzinnige, er hing bloed aan haar gezicht. Een groepje tweedejaars stond te fluisteren bij het trappenhuis. *Dood! Wie heeft gemoord - wie is er dood? Geen moord. Zichzelf? Neen, niet zichzelf.* Stamelend vertelde Katrien dat ze Michiel onder aan de trap gevonden had, te midden van een plas bloed en een stapel uitgewaaierde toneelwerken. Dood, hij was dood, met een ambulance weggebracht. Ik kon het niet bevatten. Michiel dood. Verweesd staarde ik naar de donkere plas op de betonnen vloer. Er staken enkele gehavende tekstboekjes in het gestolde bloed. Enkele ervan lagen met het voorplat naar boven. Er ging een schok door me heen toen ik de auteur en de titel las: Luigi Pirandello. *Zes personages op zoek naar een auteur.*

vijf

Door de tragische dood van Michiel veranderde het trappenhuis van de Hoge School in een soort grot van Lourdes, een heilige plek die we alleen met de nodige eerbied en sereniteit betraden. De ruimte werd volgestouwd met kleurige bloemstukken, grafschriften, en postume liefdesbetuigingen. We keerden onze ziel binnenstebuiten om onze leraar die ons de wetten van de dramatiek had bijgebracht, een laatste eerbetoon te bewijzen. Ik had een stukje tekst uit Antigone ingekaderd:

Daarnet nog was het leven vrolijk en licht, de kinderstemmen galmden door het paleis. Nu echter is de dag bevlekt met bloed. (Sofokles)

Katrien zag er akelig uit, mager en asgrauw. 's Nachts hoorde ik haar in zichzelf praten, over verbranden, verrotten en putten graven. En de ochtend van de begrafenis, die op vraag van Michiels vrouw in intieme kring doorging, vond ik mijn huisgenote slaapwandelend in haar ondergoed op het balkon. Ik vreesde dat ze haar geheime liefde wou volgen in de diepte. Voorzichtig leidde ik haar terug naar haar kamer en toen ze schreiend wakker werd, probeerde ik haar onhandig te troosten. Ze stortte zich in mijn armen en voor ik het besefte lag ik met haar mee te huilen en bleef ik maar herhalen: 'Het spijt me zo, het spijt me zo.'

Ik moest iets doen om het goed te maken. Nadat ik Katrien onder de wol had gestopt, haastte ik me naar de Hoge School en hoopte dat ik niet te laat zou komen. Fat Boy, onze directeur, zat in zijn glazen kooi. Ik glipte er voorbij en sloop het kantoortje van onze dramaturgieleraar binnen, opende een lade van zijn bureau en keek onder de mappen. Niets. Waar zou hij het bewaren? In de volgende lade vond ik *Sei personaggi in cerca d'autore*, een Italiaanse versie van Pirandello's meesterwerk. Snel liet ik het dunne boekje in mijn jaszak glijden en zocht voort. Ik wilde een tragedie voorkomen. Michiels vrouw zou Katriens slipje vinden bij het opruimen van zijn spullen. Zij was in staat haar bedienden uit te sturen om uit te zoeken wie het paste, desnoods DNA op te laten sporen. Gelukkig! Onder in een lade in een plastieken zak, verstopt onder een handdoek en pakjes sigaretten, vond ik het kanten ding.

'Wat doe jij hier?' Fat Boy vulde met zijn tweehonderd kilo de deuropening.

Vliegensvlug deed ik of het slipje mijn zakdoek was en terwijl ik tranen uit mijn ogen wrong, nam ik in mijn andere hand de ingekaderde foto van Michiel met zijn zoontje van het bureau en stamelde: 'Ik wilde onze leraar nog eens zien.'

Fat Boy wreef het zweet van zijn voorhoofd en zuchtte: 'Het leven gaat voort.'

En het leven ging voort. Onze directeur beloofde ons een nieuwe leraar dramaturgie. De repetities gingen weer van start. De rouw om Michiel had onze samenhorigheid verstevigd. Ben ontdekte dat we, via een luik in het kamertje naast het oefenlokaal, boven op het gebouw konden komen. We besloten op het platte dak te repeteren. De zon die eindelijk was beginnen te schijnen, zou Katrien deugd doen. Het reuzenrad en de geluiden van de kermis waren een perfecte achtergrond voor een Griekse tragedie. Als opwarming en overgang stelde ik voor willekeurige flarden tekst uit Antigone over de daken te schreeuwen.

Ben liep naar de rand van het dak en riep: 'Een held heeft meer verdiensten dan een lafaard.'

Na enige aanmoediging schreeuwde Katrien in de richting van

het reuzenrad: 'Wie weet of de goden denken zoals jij.'

Ben vervolgde: 'Een vijand wordt geen vriend omdat hij dood is.'

Katrien fluisterde: 'Ik wil beminnen, haten wil ik niet.'

De teksten volgden elkaar in een snel tempo op. Hele monologen en dialogen werden de ruimte in geslingerd. De foorkramers en kermisbezoekers speelden mee in ons treurspel zonder er zich bewust van te zijn. 'Allez, allez, allez roulez!' Zij waren het achtergrondkoor, een koor dat niet langer de Goden aanriep en het Noodlot verdoemde, maar zich in het stompzinnige vertier van draaimolens, spookkastelen en roulettes stortte. 'Allez, allez, allez roulez! Altijd prijs, altijd gewonnen!'

We voelden alle drie dat er iets bijzonders gebeurde en waren het erover eens dat Michiel bij ons was en zijn zegen gaf. Stilletjes vreesde ik dat onze leraar het me kwalijk nam dat ik zijn laatste wens negeerde en geen zes personages op zoek liet gaan naar een auteur. Maar ik bezat alleen de Italiaanse versie van Pirandello's meesterwerk en kon toch moeilijk aan Fat Boy vragen waar de met Michiels bloed besmeurde Nederlandstalige boekjes waren gebleven. Trouwens het samenspel tussen Kreon en Antigone was sterker dan ooit, en Katrien had weer kleur op haar wangen. Michiel zou het me wel vergeven. Het beloofde een mooie presentatie te worden.

Maar toch. Misschien was mijn Antigone te versnipperd en zat er te weinig structuur in. Eind volgende week was er een voorstelling voor publiek en mijn vader zou komen kijken. Ben stelde me gerust. Ik moest niet zoeken naar een logisch samenhangend en zinvol geheel. 'Eigentijds theater,' verkondigde mijn intelligente vriend, 'is een willekeurige verbinding van mensen met mensen, van punten met punten. Het kan gebeuren dat er een toevallige samensmelting plaatsvindt, maar belangrijk is dat er vluchtwegen ontstaan. Als dat niet het geval is, is het afgelopen, want dan kan het verlangen niet meer stromen en wordt theater een dode boel.' Ik was onder de indruk van zijn betoog.

Door de hitte van de laatste dagen stond de berenklauw in de binnentuin van de Hoge School obsceen op barsten. Ieder moment kon hij openploffen en zijn bloem naar buiten persen. De kaaien stroomden vol met meisjes die geurden als smoutebollen en wellustig hun rijkelijke rondingen aanboden. De jonge mannen waren zo ontvlambaar dat het kleinste vonkje voldoende was om hele wijken in lichtelaaie te zetten.

Iedereen herleefde, behalve de Iron Lady. Vastgekluisterd aan het middengedeelte van het oude pakhuis, waar zelfs in het hartje van de zomer nauwelijks zon binnenkwam, ontging haar het openbloeien van de natuur en de broeierige sfeer op de straten. Omdat de trappenhal Lourdes was geworden en de rouwornamenten de doorgang naar boven versperden, maakten de studenten onophoudelijk gebruik van haar mechanische diensten. De matrone kraakte en beefde als een honderdjarige. Toen Ben en ik instapten kermde haar ijzeren skelet schrijnender dan ooit. Bij wijze van pepmiddel sprak mijn vriend haar toe dat het leven misschien nog wel iets goeds voor haar in petto had. Ik was er niet helemaal gerust in, maar Ben greep me bij mijn middel en fluisterde in mijn oor dat hij gek werd van haar opwindende gesteun. De Iron Lady hield even haar adem in. Terwijl Ben 'jij verrukkelijke bruid, koningin van koningen …' en andere onzin uitkraamde, gleed de Lady zo soepel naar boven dat je zou zweren dat ze vers geolied was. Getuige te zijn van zoveel passie gaf haar het elan van een heupwiegende schone die in de Belle Epoque menig jonkman naar hogere regionen vervoerde. Toen we de bovenste verdieping bereikten, was de temperatuur in de lift zo hoog geworden dat Ben en ik tegelijk weer op nul duwden. 'Koningin van koningen - jij onderwerpt, jij wint, jij speelt je spel, godin mijn liefde', prevelde mijn amant in mijn oor. Aangemoedigd door Lady's sensuele gesteun probeerden we koortsachtig alle knoppen uit. Het staal werd vloeibaar. De Lady zwol en zwol. Toen sloegen de stoppen door, de vonken sprongen eraf. Ergens tussen de derde en vierde verdieping slaakte de Iron Lady een schreeuw van opperste verrukking - en gaf de geest.

We wisten dat de ademloze stilte niet veel goeds betekende, durfden ons amper te bewegen, ieder moment konden we samen met de IJzeren Lady te pletter storten. Niet de eindeloosheid van de dood joeg me de daver op het lijf, maar de gedachte aan brekende botten en bloederig gescheurd vlees.

Beneden trachtten enkele studenten tevergeefs de Iron Lady uit haar katatonie te wekken. Fat Boy werd uit zijn glazen huis gehaald. Hij stelde voor de traphal vrij te maken, Lourdes tijdelijk met alle attributen te verhuizen naar de open ruimte naast de frisdrankautomaat in de kelder, zodat de trap weer in gebruik kon. Maar nog voor de verhuizing kon beginnen, hoorde Katrien geroep en gestommel vanuit de buik van de IJzeren Lady. Tot dan had niemand er erg in gehad dat wij in het vastgelopen gevaarte gevangenzaten.

Etienne werd opgetrommeld. Met zijn grijze stofjas en geruite pet leek hij uit het tijdperk van de Iron Lady te komen. Ondanks hun klassenverschil wist deze eenvoudige man door zijn jarenlange expertise en met zijn geduldige vingers hoe om te gaan met de grillen van hare Majesteit. Na wat getover met knippen en knopen kon hij haar uit haar verstarring halen en ons, de opgeslokte slachtoffers, levend en wel uit haar ijzeren buik bevrijden.

Sindsdien waren Ben en ik onafscheidelijk. De ene keer was ik zijn passionele Antigone, de andere keer haar zachtzinnige zuster Ismene. Maar steeds vaker vergat ik in zijn armen wie ik was. Ik gaf me over. En hoorde bij hem.

zes

De avond voor de voorstelling van Antigone liep ik te ijsberen op mijn kamer. Fat Boy was op het formidabele idee gekomen ons Michiels beoordeling te geven van voor zijn fatale val. 'Je bestaat louter uit citaten.' Dat stond in het rapport. Het laatste oordeel van mijn leraar dramaturgie luidde dat hij voortaan mijn eigen oorspronkelijke denken verwoord wilde zien. Ben werd door Michiel de hemel in geprezen, hij zette zich in zijn werkstuk af tegen de verouderde en inspiratieloze opvattingen over regie en acteren, waarbij alles altijd redelijk moest zijn, iedere regieaanwijzing doordacht. Mijn lief had zogenaamd oorspronkelijke ideeën. In werkelijkheid pikte hij ook alles van anderen, maar hij vermeldde geen bronnen. Vandaar.

Wie was ik wilde ik worden ging ik naartoe? Sinds mijn moeder gestorven was en de burgemeester zich nog meer dan vroeger op zijn werk had gestort, werd hun ouderlijke taak door innerlijke stemmen overgenomen. Ze knepen mijn maag samen en drukten op mijn borst. Ik slofte heen en weer tussen mijn opklapbed en mijn werktafel. Was ik louter een samenraapsel van citaten van anderen? En wat bedoelde Michiel precies met oorspronkelijk denken? Alles wat ik wist, had ik toch van iemand anders geleerd. Of niet? Bedoelde hij, hoe ik dacht toen ik geboren werd? Dat kon ik me niet meer herinneren. Vlak voor we op de wereld komen, geeft een engel namelijk een knip in onze bovenlip en op dat moment zijn we alles vergeten. Dat wist ik van een joodse vrouw, een echte, met pruik en steunkousen, een uitermate boeiende vrouw met wie ik vorige winter ellendig lang op de tram had zitten wachten. We waren in het vriesweer aan de praat geraakt en de vrouw vertelde dat we in de buik van onze moeder alles nog weten, maar dat we door die knip van de engel onze oorspronkelijke kennis kwijtraken. Ben was verbaasd dat ik die onzin geloofde en dat ik me met zulke vrouwen inliet. We kregen er ruzie over.

Bestond ik louter uit citaten van anderen? Aan Katrien kon ik geen raad vragen, want die was naar de film met Stijn, een kleurloze jongen van het eerste jaar. Ze had zich in zijn armen gestort na het lezen van Michiels laatste woorden voor haar, iets over verspillen van papier en dat haar talenten in een andere richting lagen. In de keuken opende ik de koelkast op zoek naar iets eetbaars, toen de telefoon rinkelde. Dat was vast en zeker mijn lief. Ik haastte me naar het toestel om op te nemen. De burgemeester! Het speet hem verschrikkelijk, maar hij kon morgen niet naar de voorstelling komen, er was iets tussengekomen, crisis in de gemeenteraad, iets met de Voerstreek, de Waals-Vlaamse kwestie, blablabla.

'We kunnen dit weekend samen met Mark en Ilse uit eten gaan,' opperde hij, 'om het begin van je vakantie te vieren.'

'Ik kom niet naar huis!' schreeuwde ik. 'Meteen na de voorstelling vertrek ik met Katrien naar het theaterfestival van Avignon.' Opdat hij mijn hysterische gesnik niet zou horen, gooide ik de hoorn op de haak. Het was allemaal de schuld van Ilse, mijn schoonzus. Zij palmde ons huis in sinds mijn moeders dood. Om voor ons vader te zorgen, zei mijn broer, zodat ik mijn studie zou kunnen voortzetten. Als ik in het weekend thuiskwam, vond ik Ilse in de plaats van mams in de keuken. Toen ze vorige zaterdag mijn vuile kleren in de wasmachine wou stoppen, heb ik mijn onderbroeken uit haar handen gerukt. Waar haalde ze het lef vandaan!

Er brandde geen licht achter het raam met de cactussen in de Namenstraat en dus nam ik aan dat Ben bij de schietkraam zou zijn. Op de kermis bracht de geur van friet me in verleiding. Ik kreeg altijd zin in vettige dingen als ik me ongelukkig voelde. Terwijl ik op mijn friet wachtte - een grote, met mysteriesaus -

schoot me te binnen dat mijn lief fakkels zou installeren op het dak voor de voorstelling morgen. Geen Antigone zonder vuur.

Sinds ik opgeslokt was door de Iron Lady kreeg ik aanvallen van benauwdheid in de lift, daarom besloot ik in een opwelling via Michiels heiligdom naar boven te gaan. Zachtjes opende ik de deur naar de trappenhal. Het flauwe straatlicht dat door het smalle raampje naar binnen scheen, viel op de donkere vlek onder aan de trap, het restant van het bloed van Michiel. Tussen de bloemstukken en huldeblijken door balanceerde ik met mijn zak friet de treden op. Naast mijn ingekaderde citaat uit Antigone lag een half opgevreten duivenkadaver dat een stoffige geur verspreidde en me jeuk bezorgde. Doordat ik wilde krabben, viel er een kwak mysteriesaus op mijn nieuwe Indische blouse. Ik probeerde de vettige smurrie af te vegen toen ik - ik wist dat het absurd was - het gekreun van Michiel meende te horen. Lag er iemand gewond daarboven in het donkere gedeelte van de trappenhal? Was er iemand opnieuw van de trap gevallen? Pas toen mijn ogen wenden aan het schemerdonker, begreep ik waar het kreunen vandaan kwam. Een koppeltje had het stukje Lourdes op de tussenverdieping uitgekozen om de liefde te bedrijven. Met een schok drong het tot me door wie daar op het bordes stonden te tortelen en te koeren. Mijn hart ging tekeer alsof het uit mijn borst zou spatten. Minstens zestig lange seconden stond ik stil en bracht geen woord uit. Nadien hoorde ik mezelf lachen zoals Liv Ullman in Persona, het ijzingwekkende meesterwerk van Igmar Bergman uit 1966. Een koude, schelle lach.

Iemand had een stukje film weggeknipt, want ineens was ik terug op mijn kamer. De geur van dode duif was aan me blijven kleven. Tussen de braakneigingen en hartkloppingen door zocht ik verwoed naar woorden. Ik wilde terug, maar wist niet wat ik moest zeggen. 'Je kunt toch niet ... Zonder ...' Ik spitste mijn oren. Ging de voordeur open? Niets. Met een schreeuw gooide ik me op bed, beet van me af, sloeg met mijn vuisten. Ik staarde naar de affiche tegen de muur, Ben Kingsley in de rol van Mahatma Gandhi, en wilde een vreedzame oplossing vinden. Vechtend tegen mijn tranen, zocht ik de juiste repliek. Ik schreef een woord op, verfrommelde dan het stuk papier, begon opnieuw, maar het leek of mijn hersenen op tilt sloegen en alleen zinloze combinaties van letters produceerden.

Vele huilbuien later opende ik een van de boeken die op mijn werktafel lagen en dankzij een adellijke dame, Marquise de Merteuil, en haar briefwisseling met de vrouwenversierder burggraaf de Valmont in *Les Liaisons Dangereuses* (Choderlos de Laclos, 1782) vond ik eindelijk de gepaste formulering:

Valmont, U zult mijn hart niet meer in vlam zetten. Nooit meer. Ik zeg u dat niet zonder spijt. Want er waren hoe dan ook minuten, misschien zou ik beter zeggen ogenblikken - een minuut duurt immers een eeuwigheid - waarin ik dankzij uw aanwezigheid gelukkig was. Marquise de Merteuil.

De markiezin schonk me de woorden waarmee ik opnieuw een gezicht kreeg, een waardige en trotse persona waarmee ik de straat op kon. Met een dikke laag *fond du teint* werkte ik mijn rood behuilde gezicht weg en stak mijn blonde krullen op. Ik strekte mijn rug zodat mijn een meter zevenentachtig ten volle tot zijn recht kwam en in mijn strakke, rode zomerjurk stapte ik door de nachtelijke stilte. Even overwoog ik of ik de brief in de bus zou steken of hem persoonlijk zou afgeven, maar toen ik haar fiets verstrengeld met die van Ben tegen de gevel van zijn appartements-blok zag staan, aarzelde ik niet langer en belde aan. Stilte. Alleen het bonzen van mijn hart. Ik probeerde kalmer te ademen, mezelf te bedaren. Dan stak ik de sleutel in het slot, stormde in zover mijn naaldhakken dat toelieten de trap op, struikelde boven in de hal over Grotowski, Bens rosse kater. Bijna op hetzelfde moment dat ik de flat binnenviel, ging met een ruk de slaapkamerdeur open. En daar stond Ben met een razende blik en poedelnaakt. Op mijn hakken was ik minstens een hoofd groter. Strak keek ik hem aan, eerst in zijn staalblauwe ogen en dan naar zijn ding dat er tamelijk zielig uitzag tussen die harige ballen. Mijn Siamese tweelingzus kwam de slaapkamerdeur uit, ze droeg de ochtendjas van mijn lief, de ruwe wollige ochtendjas die mijn geur nog had! Het liefst had ik het uitgeschreeuwd, de grijns van haar gezicht gekrabd en daarna gezegd dat het me speet. Met op elkaar geklemde kaken en mijn vingernagels in mijn handpalm gedrukt, deponeerde ik zo onverschillig mogelijk de brief van de markiezin tegen een cactus op het kastje naast de deur. Bij het buitengaan moest ik - wankelend - de deurstijl vastnemen, maar dan wist ik me te herstellen. Beneden in de gang kwam Grotowski rond mijn benen draaien. Met een trap vloog hij tegen de muur. Ik weet niet meer wie er het hardst krijste, Grotowski of ik, het leek wel het huilen van een kind. Zo hard had ik niet eens gehuild op mams begrafenis. De tranen trokken diepe sporen in mijn masker. Terug op mijn kamer bleef er niets van de markiezin over. Ik was louter een plagiaat, een verzameling ontvreemde letters, een stukje tekst uit *Les Liaisons Dangereuses*. Gestolen van Choderlos de Lasclos.

Van de voorstelling van Antigone kan ik me weinig herinneren. Katrien speelde met een gecrispeerde stem en Ben vergat een deel van zijn tekst. 'Engelen stelt wat teleur', hoorde ik Fat Boy na afloop zeggen. Op de achtergrond klonk de metalen stem van de rouletteman: 'Allez, allez, allez roulez! Altijd prijs, altijd gewonnen!' Engelen stelt wat teleur. De woorden tuimelden door mijn lijf, grepen mijn gal vast en met hun dikke vingers wrongen ze hem uit zodat hij zijn walgelijke inhoud tot in mijn keel spuwde. Engelen stelt wat teleur. Ik wilde niemand teleurstellen. Ik wilde dat iedereen mij fantastisch vond, zoals toen ik mijn eerste nieuwjaarsbrief voordroeg, mijn moeder kreetjes van verrukking uitte en mijn vader lof sprak over dit nieuw geboren talent. Daarbovenop haatte ik het dat ik als twintiger nog steeds hetzelfde verlangen had als een kleuter van drie. En dat ik zoveel macht gaf aan vier woorden, zeven lettergrepen, eenentwintig letters: Engelen stelt wat teleur. Zet ze in een andere volgorde en je krijgt iets heel anders: Stel, Engelen reutelt wat of Engel leurt en steelt wat. Ook niet bijster positief.

De dag erna stond er in de Gazet van Antwerpen dat de dochter van Karel Engelen, burgemeester van het Limburgse Dreikerke, door de politie van het dak van de Hoge School was gehaald. Onder invloed van drugs. Ik gebruikte die krant om mijn blonde haarlokken op te vangen. En met mijn blauwzwart geverfde kapsel vertrok mijn nieuwe ik, zonder iemand op de hoogte te brengen, met een last-minute naar Sicilië.

Engelen

'Caos', antwoordde ik toen burgemeester Engelen me die zomer naar Antwerpen terugbracht en om de reden voor mijn vlucht vroeg. Mijn plan was om naar het zuiden van het eiland te reizen. Ik wilde Caos bezoeken, de geboortestreek van Luigi Pirandello, op zoek naar een auteur voor mijn vastgelopen levensverhaal.

De burgemeester repte met geen woord over het bericht in de Gazet van Antwerpen. Ik zweeg over Ben en Katrien. Ben was in de ogen van mijn vader een anarchist, dat ik om die nietsnut kon treuren zou hij niet begrijpen. En zeker niet dat dochterlief op zoek was naar haar ware zelf. Ik wilde de burgemeester duidelijk maken dat ik niet langer de 'dochter van' wou zijn, geen aanhangsel of postscriptum, geen citaat of imitatie van anderen, maar een volkomen oorspronkelijke, op zichzelf staande en volmaakte volzin, zo adembenemend mooi dat ik een troost zou zijn voor wie me wilde lezen, een zingeving voor wie zich door mij liet raken. Gewoon is goed genoeg, zou hij zeggen, en dat ik met al die mooie woorden mezelf niet uit de puree kon halen. In de plaats van Katrien te volgen naar de School voor Expressie had ik beter mijn studie sociologie volgehouden. Ja, hij had gelijk dat Katrien geen goede vriendin voor me was. En neen, natuurlijk had ik toen op het dak van de Hoge School geen drugs gebruikt. Dat zou ik stellig ontkennen.

De speed had niet het gewenste effect gehad. Minstens vijfentwintig keer was ik de wenteltrap op en neer gelopen. Vijf verdiepingen naar beneden en dan weer terug, terwijl ik luidkeels had gedeclameerd: 'Net was het leven nog vrolijk en licht. De kinderstemmen galmden door het paleis. Nu is de dag bevlekt met BLOED!' Al de gedroogde bloemstukken, grafschriften en knuffelberen voor Michiel had ik naar boven gebracht om boven op het dak een monument te bouwen. Neen, over mijn mislukte drugsexperiment mocht mijn vader niets horen.

Terwijl hij de ruitenwissers een versnelling hoger zette, verbrak de burgemeester de stilte. 'Limburg', zei hij, 'heeft zwaar geleden onder de stormen van de laatste weken.' Een burgervader heeft ernstiger zaken om het hoofd dan de trivialiteiten van een twintiger. Burgemeester Engelen moest Limburg van de zondvloed redden.

Ergens tussen Brussel en Antwerpen gingen mijn gedachten terug naar het stormachtige Sicilië. Flarden herinneringen waaiden binnen.

Ik zie weer de vreemde blauwe ogen van het grotmeisje in de dodenstad, ruik de geur van kerosine in het huis van Giuseppe. De wind tilt me tot boven de zandroze daken van de oude stadskern van Syracuse, een smal schiereiland omringd door een eindeloze zee die wild tegen de wallen beukt. De druk tussen mijn schouderbladen snoert mijn borstkas dicht en de wereld rondom wordt wazig. Vriendelijke geruststellende gezichten boven mijn hoofd. Een donkerte later word ik met loeiende sirene weggevoerd, een bierviltje met *CASSANDRA* in mijn hand geklemd.

zeven

Een grauw zaaltje met ijzeren bedden. De ruwe draperieën van de ramen aan de straatkant houden het zonlicht buiten. Alleen het gierende geluid van de sirenes dringt deze bunker binnen en kondigt aan dat er een nieuwe wordt afgeleverd. Hier worden we gedumpt nadat we gemeten, gewogen, en opgelapt zijn. We hebben geen gouden krullen, maar dofzwarte of grijze plukken en een huid zo groezelig als lakens die in geen jaren gewassen zijn. Zij die op hun bek zijn gegaan herken je aan hun gezwollen neus en gespleten lip. Velen hebben gebroken botten, sommigen opengereten vlees doordat ze tijdens hun val uit de helblauwe hemel aan een afgeknakte boomtak zijn blijven haken. We huilen de ogen uit ons hoofd en spugen gal. Maar toch. Veelal liggen we verdwaasd voor ons uit te staren. We willen hier niet zijn, verlangen terug naar waar we vandaan komen. De vloeistof uit het infuus moet ons leven hier op aarde draaglijker maken. Moedig schuifelt er eentje rond, haar evenwicht zoekend op de begane grond. Ze heeft een bochel waar vroeger haar vleugels zaten. Hier en daar vliegt er een donsveertje rond.

Naast mijn bed staat een gestalte met een jas zo wit als zijn haren. Met een gepolijst gezicht en een monotone stem probeert hij me een boodschap over te brengen: 'Sicausadacontaminadellavitadonale-partescheggedevetrofettoconsi.' Hij wil iets van me, articuleert nu nadrukkelijk: 'Cuoriperocomplicatangiperovesicausarepraticareun-droggiascheggati.' Tevergeefs zoek ik woorden waar ik enige herkenning in vind. Hij raakt een van mijn ingepakte schouderbladen aan. Ze hebben mijn vleugels geamputeerd. De plastieken slang die uit mijn hemdskleed steekt, dient voor de drainage van het pus.

Vanuit het bed tegenover me knikt iemand die Concettina wordt genoemd me bemoedigend toe. Er zit een plakker op haar mond en er steekt een buisje in haar neus, maar aan het licht in haar gitzwarte ogen merk je dat ze haar vuur en helderheid heeft weten te bewaren. Ze heeft een waardigheid die serafijnen vaak hebben: haar hoofd rechtop, een sjaal met verbleekte pauwenogen sierlijk om haar donkere schouders gedrapeerd, een nachtkleed met wijd decolleté. Ze doet geen moeite om het rode litteken te verstoppen dat in de lengte over haar borst loopt, ze draagt het als een ereteken. In het bed links van me, aan de straatkant, haakt Carmela aan een patchwork sprei met restjes wol. Ze draagt een windel om haar hoofd maar aan haar bolle wangen en drie paar ogen kun je zien dat ze tot de orde der cherubijnen heeft behoord. In iedere zin gebruikt ze minstens één keer het woord *stronzo*, en als ze lacht, lacht de kamer mee. Ik houd mijn borstkas vast, want als ik lach, doet mijn lichaam zeer. Het bed rechts van me leek leeg, tot ik zacht gereutel hoorde en er iets bewoog onder de sprei. Wanneer de zuster komt om ons te wassen en ze de nachtpon van het knokige lijfje in het bed naast me omhoog stroopt, schrik ik van het opgezwollen buikje en het geplukte vel zonder enig donsveertje. Het lijkt wel een musje dat uit het nest is gevallen: nekje slap achterover, bekje wijd open, kaal hoofdje met grote geaderde oogleden. De dood vult de ruimte met zijn opdringerige geur.

∞

Er zitten gaten in de dagen. Ik zeg tegen niemand een woord, ik slaap veel of zit suf voor me uit te staren. Soms lig ik stilletjes te huilen. Ik denk aan Ben en Katrien en aan mijn blonde krullen die ik in de dodenstad heb begraven. Ik stap weer met de gitaar van Jaap door de nauwe straatjes van Syracuse. Mijn strooien hoed verdwijnt met de wind over de daken. Daarna slechts gerafeld bewustzijn. Waar is de gitaar van Jaap gebleven? Dat moet ik aan de zuster vragen. *Stronzo*. Die nep-soefi en zijn gitaar kunnen de pot op.

De patchwork-cherubijn staat plots aan mijn bed en kijkt me vanachter haar dubbele brilglazen onderzoekend aan. Onder haar gele nylon nachthemd kan ik haar vogellichaam vermoeden: een ronde borst uitlopend in korte, dunne beentjes met rode pantoffels. Ze houdt een doos met chocoladesnoepjes onder mijn neus, een soort Italiaanse Chokotoffs. Uit beleefdheid neem ik er eentje. Ze zegt dat ze Carmela heet en vraagt mijn naam. Ik toon haar het bierviltje met *CASSANDRA* en draai me in de richting van het musje, dat rechtop in bed op een boterham sabbelt terwijl het kwijl langs haar nek loopt. Ik trek het laken over mijn hoofd.

ᘓ

Een dof gevoel beklemt mijn borst. Mijn maag en slokdarm willen door mijn keel naar buiten breken. Net bijtijds grijp ik het kartonnen bakje van het nachtkastje en vang de brokken op. Mijn hart gaat als een gek tekeer, springt uit mijn borst en vlucht krijsend de gang op. Iemand slaat alarm. In allerijl word ik met bed en al het zaaltje uitgereden en aan een flikkerend apparaat gelegd. Nieuwe vloeistof in het infuus. Gloeiende lava stroomt door mijn aders, spuwt vuur in mijn borst. De hitte is ondraaglijk. De vuurstroom sleurt me mee, ik hoor gegil en geschreeuw. Alles brandt, kleurt zwart, smaakt naar roet. Een grauwe man met vervilt haar, scherpe jukbeenderen, vette lippen en opgejaagde ogen grijpt me bij de keel. Hij zoekt de gitaar van Jaap. *La chitarra*. Hij graait onder het laken, tussen mijn benen, en verdwijnt even plots als hij gekomen is. Het rotsmeisje uit de dodenstad slaat me pal in het gezicht en wil weten wie ik ben. De zuster streelt mijn voorhoofd met schuurpapieren handen en vraagt of ze iemand kan bellen. Ga ik dood? In een bibberig handschrift schrijf ik een telefoonnummer op. Of was dat een droom?

Plots een zoemend geluid. De kamer draait, ook de kar met de instrumenten. De injectienaalden trillen in het aluminium doosje. Neen, het is niet de kamer, maar ik die met een spiraalvormige beweging uit mijn lichaam word gezogen. Ik ben iemand, niemand en honderdduizend mannen en vrouwen, en wentel omhoog, vervloei, word ochtenddauw, duizenden druppeltjes licht. Mijn lichaam ligt beneden onder me, omringd door een wirwar van kabeltjes en blinkende toestellen. De zuster met de schuurpapieren handen en de dokter met de witte haren zijn zenuwachtig in de weer met mijn lichaam. Ik hoor hen denken dat ik dood ben. Ik zweef boven het bed, lichte leegte omringd door een vliesloos vlies, stralende regenboogkleuren. Geen pijn meer, diepe vrede. Hé, denk ik, dit noemen ze dus dood. Met de snelheid van een vrije val schiet ik van de aarde vandaan, steeds hoger het hemelruim in. Zwart wordt kobaltblauw van een nooit geziene diepte.

Ik voel hun aanwezigheid nog voor ik hen zie. Gehuld in een schitterend licht, zo teer en krachtig. Huizengroot en transparant. De Wezens van Licht nemen me op in hun zoete geur en in de oneindige liefde van grootmoe Josefien.

acht

Geen flauw idee hoe lang ik van de wereld ben geweest en waarom ik terug moest. Begeleid door het gepiep van de wieltjes rolt Zuster Schuurpapier me naar het ziekenzaaltje. Het bed van het musje is leeg, de lakens afgestroopt. Is ze naar huis? De patchwork-cherubijn slaat een kruis. Een spuitbus met perzikbloesem heeft de penetrante geur van de dood verjaagd. Er wordt druk gekissebist en gelamenteerd op het zaaltje. Ik begrijp er niet veel van. Concettina, de serafijn, kijkt bezorgd in mijn richting. De plakker is van haar mond en het buisje uit haar neus.

Plots vliegt Carmela, de cherubijn, in haar kanariegele nachtpon naar me toe, legt haar handen op haar nylon borst, en trekt haar mond in alle richtingen.

'Mi chiamo Carmela.'

Wanneer ik *CASSANDRA* toon, rukt ze het bierviltje uit mijn handen.

'Stronza!' Dan legt ze haar hand resoluut op mijn borst, trekt opnieuw haar lippen in alle richtingen.

'Mi ...' Zij herhaalt met de hand op mijn hart: 'Mi ...'

Ik breng enkel een schrapend geluid voort: 'Grrmi.' Alsof ik de baard in de keel heb.

'Mi chiamo ...' Een bemoedigende blik vanachter de brilglazen.

'Michi aaamo ...', herhaal ik en bij de aa schiet ik uit als een castraat.

'Mi chiamo Cassandra', articuleert Carmela.

Ik zeg haar na met een stem die weer op die van mij begint te lijken: 'Mi chiamo Cassandra.'

Carmela klapt in haar handen en Concettina roept: 'Bravissimo!'

De twee vrouwen maken er een erezaak van me Italiaans te leren spreken.

De lange jas met het gepolijste gezicht en de witte haren stelt zich voor als *cardiologo*. Hij heeft een klapper bij zich en toont een tekening van een hart met witte en gearceerde kamers. De zuster geeft me een glas water. De dokter kleurt een stukje van het hart onderaan zwart. *Attacco cardiaco*. Komt weinig voor bij mensen van mijn leeftijd. Het glas glipt uit mijn handen en het water verspreidt zich over het laken. De cardioloog probeert me gerust te stellen: *farmaci* zullen ervoor zorgen dat er bloed naar mijn hart blijft stromen. De zuster dept het natte laken met een pluizig doekje. Ik wil haar vragen of ik mijn vader mag bellen. Maar toch. Hij denkt dat ik met Katrien in Frankrijk zit. Ik moet hem niet nodeloos ongerust maken, met de medicatie is alles onder controle.

❧

Gisteren mocht ik uit bed komen en tot aan de wasbak lopen maar mijn dunne benen weigerden mijn lichaam te dragen. Als een pasgeboren giraf zakte ik door mijn knieën en tuimelde op de grond met mijn stelten in de lucht. Ik probeerde terug op te staan en voort te stappen, de botten en pezen van mijn lange benen zochten de juiste samenwerking. Concettina riep me bemoedigd toe, terwijl ik stap voor stap mijn kracht en evenwicht herwon.

Het was vreemd om in de spiegel mijn gezicht terug te zien, alsof ik tijden zonder had geleefd. Nu zag ik iemand waarin ik de trekken van mijn moeder herkende: de bleekblauwachtige huid met de groene ogen, de scherpe neus en kin. Door met kuiphanden water over mijn wangen te gooien kwam er weer leven in. Dan knoopte ik mijn ziekenhuishemd los en liet het op de grond zakken. De spiegel toonde mijn verfrommelde borstjes en de knoken die door mijn lange lichaam staken. In een flits zag ik hoe mijn lijf in een snel tempo afstierf en rottend uit elkaar viel. Dan merkte ik de bewonderende blikken van Carmela en Concettina.

Bella ragazza. Bella figura. Het deed me deugd dat iemand mijn naakte lichaam mooi vond.

's Nachts kom ik moeilijk in slaap. In mijn hoofd cirkelen vragen met zulk een razend tempo rond dat ik ze nauwelijks te pakken krijg. Zou onze geest los van ons lichaam kunnen bestaan? Zou er een andere dimensie bestaan met wezens van licht? Of was wat ik heb ervaren terwijl mijn lichaam onder me aan het sterven was louter een hallucinatie, een gevolg van de toegediende medicatie? Natuurlijk weet ik dat God en zijn engelen opium zijn voor mensen die hun eigen angsten niet de baas kunnen en liever wat gaan zweven. Maar misschien is ons verstand te klein om het bestaan van een andere werkelijkheid te vatten. Ik weet het, we leven niet meer in de middeleeuwen. Ik moet deze ervaring uit mijn herinnering bannen. Wil ik niet gek verklaard worden, dan mag ik hier met niemand over praten. Ik moet vooral rustig blijven, mijn hart kan het opnieuw begeven. Straks, als de nachtzuster komt, zal ik een pilletje vragen.

Nu ik door mijn onbetrouwbare hart geen keuze heb en vermoedelijk jong zal sterven, lokt de dood me veel minder dan de afgelopen weken. Antigone, die voor de dood koos, wordt echter nog steeds geëerd, terwijl haar zuster Ismene allang is vergeten. Misschien kun je beter jong en beroemd doodgaan, dan een lang, onbetekenend leven leiden. Terwijl Carmela in het bed naast me ligt te snurken, besef ik dat ik veel kans maak om jong te sterven zoals Antigone, maar dat mijn banale leven vergeten zal worden zoals dat van Ismene. De herinnering aan mij zal niet voortleven in de grote verhalen, niemand zal mijn geschiedenis uit het hoofd hoeven te leren of mijn naam moeten weten voor de kruiswoordraadsels. Dus neem ik me voor niet ouder dan dertig te worden en voor die tijd nog een boek te schrijven. Ik weet alleen niet waarover.

negen

Deze voormiddag is de cardioloog langsgekomen met de uitslagen van de onderzoeken. Uit zijn verhaal heb ik begrepen dat de artsen geen oorzaak voor mijn hartprobleem kunnen vinden. Geen hoge bloeddruk. Geen vernauwingen. Geen overgewicht. Waarschijnlijk erfelijk. Hij vroeg of *padre e la madre* nog leven. Ik probeerde hem duidelijk te maken dat er bij mijn weten geen hartklachten in de familie zijn. Mijn moeder was vijfenveertig toen ze - nu bijna drie jaar geleden - stierf, maar dat had niets met haar hart te maken. Het was een ongeluk.

Vanmiddag ben ik de gang op geschuifeld, tot aan het kamertje van de zusters. Ik mocht naar België bellen, naar mijn vader. Ik moest vreselijk huilen toen ik zijn stem hoorde op het antwoordapparaat dat hij vorige kerstmis van Mark en Ilse heeft gekregen. Snikkend heb ik ingesproken dat ik met mijn rug in glasscherven ben gevallen en in het ziekenhuis van Syracuse lig, Ospedale Umberto Uno. Toen ik met behuilde ogen mijn weg terug naar het zaaltje zocht, botste ik tegen een man op met een blik als opgejaagd wild en jukbeenderen waar je een mes aan kon slijpen. Ik zou gezworen hebben dat ik hem nogal eens had gezien. Terug bij mijn bed vroeg Carmela wat er scheelde. Ik vertelde over die engerd en ze zei dat het zeker een *gorgo* was, een boze geest, die leven hier in deze streken. Je mag niet in hun ogen kijken want dan verander je in steen.

De zuster heeft me een pen en een kladblok bezorgd. Ik wil aan mijn boek beginnen, het wordt misschien een toneelstuk, maar ik kan me moeilijk concentreren. De stem van Katrien - in de rol van Antigone - blijft als een mantra door mijn hoofd malen: *Niemand weent. Ik ben alleen. Ik heb geen man. Zo loop ik onafwendbaar*

deze weg. Ik zal de zon - dat heilige oog - wel nooit meer zien. Mijn
dood doet niemand treuren. Niemand van mijn vrienden weent ...
Ik zeg haar dat ze niet zo melodramatisch moet doen, maar ze wil
niet luisteren. Katrien blijft de tekst van Antigone eindeloos herhalen:
... Ik zal de zon - dat heilige oog - wel nooit meer zien. Mijn dood
doet niemand treuren ... Ik beschuldig haar van plagiaat. Katrien
kan alleen maar stelen van anderen.

☃

Vermoedelijk is het zondag vandaag, want het wordt druk op het
zaaltje. Het gezin van Carmela is op bezoek. Haar dochtertjes zitten
bij haar op bed met roze broderiejurkjes aan. Haar man, die land-
arbeider is, staat in zijn beste kostuum naast hun zoon, een opge-
schoten jongen met pukkels en een trieste lach. Carmela praat fel
tegen de jongen en maakt een gebaar alsof ze zich de keel opensnijdt.
Haar man spreekt haar kalmerend toe. Zij snijdt zich opnieuw de
keel over: 'Stronzo!' Daarna drukt ze een zakdoek tegen haar ogen.
Ik moet aan mijn moeder denken en de ruzies die we maakten,
omdat ik de deur liet openstaan en de vliegen dan binnenkwamen.
    De zus van Concettina is er ook, samen met haar dochtertje
Nina. We eten gebak in zeemzoete kleuren en barokke lagen.
'Torta', leert Nina me, die bij me op bed zit. Ze hapt een stuk van
de taart en wijst naar haar volle mond: 'Bocca.' En ik herhaal:
'Torta' en 'Bocca.' Met een romig handje raakt ze mijn neus aan:
'Naso.' Nu tik ik op haar schouderblaren: 'Angelo.' Ze lacht. Nina
draagt op haar blauwe jurkje dat bleek geworden is van het vele
wassen, een kleurrijk medaillon met het Heilige Hart Maria. Ze
merkt dat ik ernaar kijk en slaat een kruis: 'Madonna fammi la
grazia.' Jaap vertelde me dat het woord maffia een verbastering van
deze smeekbede zou zijn. Dat leek me nogal vergezocht. Ik vraag
Concettina ernaar, maar zij doet of haar neus bloedt. Ook Carmela

neemt niet graag het woord maffia in de mond. Zelfs niet als we met zijn allen televisie kijken en hartstochtelijk meeleven met de avonturen van commissaris Cattani die op de tonen van Ennio Morricone de Octopus bestrijdt. Degene die inbreuk pleegt op de *omerta* krijgt een steen in de mond. Enkel in het hoekje op de gang waar we mogen roken, wordt tussen neus en lippen gesproken over het genootschap dat vroeger uit *uomini di rispetto* (mannen van eer) bestond, maar tegenwoordig uit: *banditi, truffatori, coglioni, imbroglioni, idioti.* Crapuul dus.

Het bezoekuur is voorbij. Ik neem *Sei personaggi in cerca d'autore* uit mijn schoudertas, en hoop dat Pirandello me inspiratie zal geven voor het boek dat ik wil gaan schrijven.
Plots staat Jessica, het rotsmeisje uit de dodenstad, aan mijn bed. Honingblond haar, kruis op het voorhoofd, verwarde blik. Ze wil dat ik een toneelstuk schrijf waarin zij haar leven kan vormgeven.
'Niemand zit daarop te wachten', zeg ik en draai haar mijn rug toe.
Ze trekt aan mijn arm: 'Come ti chiami? (hoe heet je?)' Ze laat niet los.
'Cassandra', kreun ik.
Met een ruk draait ze me naar zich toe en kijkt me spottend aan: 'Chi sei? (wie ben je?)'
'De auteur waar jij naar op zoek bent?' probeer ik.
Ze rukt mijn masker af en zegt dat ze mij is. Eerste persoon enkelvoud, geen zij of jij.
Ik snauw dat ze niet zo dicht op mijn vel moet zitten. Dan pas zie ik het mes in haar hand. Met één haal snijdt ze me de keel over.
Badend in het zweet word ik wakker.

CB

De wonden op mijn rug zijn goed genezen, maar omdat mijn hart nog regelmatig op hol slaat, mag ik voorlopig niet naar huis. Ik weet niet of ik dat erg vind. Het leven tussen deze muren heeft een grote eenvoud, een duidelijke dagindeling. Er wordt voor me gezorgd. Buiten beginnen de grote vragen weer: hoe lief te hebben, hoe te haten. Vrijheid brengt chaos, gevangenschap orde. Ik schrik van deze gedachten en besef dat ik niet voor eeuwig onder de vleugels van Carmela en Concettina kan blijven. Het is vier dagen geleden dat ik een bericht heb achtergelaten op het antwoordapparaat van burgemeester Engelen. Mijn terugvlucht heb ik allang gemist.

We staan in het rokershoekje op de gang. Carmela heeft een pakje filtersigaretten. Ik zag hoe ze een bankbiljet van onder de inlegzool van haar pantoffels haalde en op samenzweerderige toon haar zoon Filippo, de puistige puber, naar de winkel stuurde. Ik draag een nachtpon met grote fuchsiabloemen die Concettina me heeft geleend. We roken, lachen, en ik leer vrouwenpraat, over de liefde en zo. Carmela vraagt of ik getrouwd ben: 'Sei sposato?' Ze draait met haar ring. Ik vertel over Ben. Concettina heeft het Gezicht, dat wil zeggen dat ze helder ziet. Ze leest mijn hand: Benno is de ware niet. Nog even geduld en ik zal een mooie donkerharige man ontmoeten met een bruine huid. Een Italiaan? 'Si, si.' We zullen een lang en gelukkig leven leiden. 'Onesto! (Eerlijk waar!)'. Heel dat gedoe om Ben en Katrien lijkt me opeens banaal. Katrien en ik hebben nu eenmaal dezelfde smaak. Hoe dikwijls is het niet gebeurd dat we samen op koopjesjacht gingen en we de slappe lach kregen omdat we alweer met eenzelfde kledingstuk uit de paskamer kwamen.

Op de vensterbank bij het rokershoekje staat er, tussen de plastieken mimosa, een kleurige ingelijste prent van Moeder Maria. Het is dezelfde Maria als op het medaillon van Nina. Blauwe mantel, rood kloppend hart. Concettina maakt me duidelijk dat dit geen gewone Madonna is, maar de *Madonna delle Lacrime.* Zij biedt troost bij alle hartzeer. *La Crime*? Heeft dat iets met misdaad of maffia te maken? Neen. Carmela neemt een zakdoek en doet of ze weent. Een wenende Madonna? 'Si, si.' Concettina had het zelf gezien toen ze kind was: er vloeiden tranen uit haar ogen.

Hier vlakbij op de Via degli Orti woonde een jong koppel: Antonina Giusto en Angelo Lannuso. Antonina was *incinta* ... Carmela maakt met haar handen een zwangere buik ... *una gravidanza difficile ... la vista* ... Concettina doet haar handen voor haar ogen. Was Antonina blind? Een beetje blind. Boven haar bed hing een geglazuurd beeldje van Het Heilig Hart Maria, *Il Sacro Cuore di Maria*. 's Morgens zag Antonina tranen uit de ogen van de Madonna vloeien. Later zagen familie en buren de tranen ook. Het nieuws deed als een lopend vuurtje de ronde. De toen negenjarige Concettina mocht samen met haar moeder gaan kijken. De Madonnina was buiten op straat gezet en er was een massa volk toegestroomd. Iemand riep dat het volksverlakkerij was. Concettina kon niets zien, wrong zich tussen de menigte door. Henrietta, de vrouw van de leerlooier, viel flauw in het gedrang en moest naar huis worden gedragen. Ook Concettina kwam knel te zitten, maar haar buurman tilde haar op zodat ze boven de menigte uitstak. Toen zag ze het met eigen ogen: de Madonnina weende! Volgens Carmela bevestigde de commissie die de tranen onderzocht ... *una Commissione di medici e di analisti* ..., dat het om *lacrime umane*, menselijke tranen, ging. Datzelfde jaar op 25 december kregen Antonina en Angelo een zoon, Mariano.

Concettina heeft geen kinderen. Ze is ook niet getrouwd. Carmela beweert dat het door haar gave komt. Geen enkele vrouw trouwt als ze kan zien wat haar te wachten staat. We gieren van de lach. Carmela schuifelt met haar ijzeren handtasje - ofwel haar infuus - naar het toilet, want van het schateren heeft ze in haar broek geplast. Concettina richt zich opnieuw naar Het Heilig Hart Maria: 'Madre della misericordia.' Ze slaat haar armen om haar lichaam en legt haar hoofd erop. 'Misericordia.'

De tederheid van haar gebaar ontroert me. 'Barmhartigheid', fluister ik.

'Si, si, misericordia.'

Straks zal ik BARM-HART-IGHEID in mijn kladblok schrijven, omdat het niet uit onze woordenschat verbannen mag worden.

De zuster komt de gang op: 'Cassandra.' Er is telefoon.

'Krist'l?' Een stem als een klok. De stem van mijn vader. Toen hij terugkwam van zijn vakantie in de Ardennen met Mark en Ilse hoorde hij mijn bericht op het antwoordapparaat. Hij is op de luchthaven van Fontanarossa en komt me halen.

Terugvlucht

De kolossale gestalte van Burgemeester Engelen maakt indruk op Carmela en Concettina. Broek netjes in de plooi, kreukvrij wit overhemd, wilde baard en haardos. Met zijn brede schouders en korte armen die uitmonden in verbazend kleine handen, lijkt hij half god, half dier als hij in de deuropening van het ziekenzaaltje verschijnt. *Il padre di Cassandra!* Hij ziet me niet, herkent me niet, nochtans heb ik de gebloemde nachtpon van Concettina al door mijn zwarte jurk vervangen. Nu vindt zijn blik mijn ogen. Zijn glimlach doet het ijsblok in mijn keel ontdooien, ik slik het water weg.

'Wat heb je met je krullen gedaan?' Paps snelt naar me toe en streelt mijn kortgeknipte haar dat een blonde uitgroei heeft aan de wortels. Hij vindt me veel te mager en wil de dokter spreken.

'Onmogelijk op dit uur van de dag', reageer ik onmiddellijk en garandeer dat de wonden op mijn rug goed genezen zijn. Het is niet het geschikte moment om over de aanval op mijn hart te praten.

Plots gaat alles heel snel omdat we op tijd in de luchthaven moeten zijn. Concettina geeft me het fuchsia nachtkleed, ik mag het als aandenken houden. Wat lief! Ik stop het in mijn schoudertas, samen met mijn dagboek, mijn kladblok met sacrale woorden en het boekje van Pirandello dat onder het bed verzeild was geraakt. Dan vraagt ze of we Nina mee naar België willen nemen. Haar nichtje zal bij ons een veel betere toekomst hebben. De burgemeester, die mijn overvolle schoudertas van me heeft overgenomen, staat al bij de deur. Carmela duwt me een prentje van de Madonna Der Tranen in mijn hand. Er bengelen dikke druppels aan haar wangen. Ik haast me om mijn vader in te halen. Op de gang komt Zuster

Schuurpapier ons achterna gelopen: *La chitarra*! Ze heeft de gitaar van Jaap voor me bewaard! Buiten overvalt het felle daglicht me. Ik knipper met mijn ogen. Het muurtje voor het hospitaal is volgeplakt met affiches, bekendmakingen van overlijdens. Bloemrijke teksten, versierd met een gekleurd Christushoofd of met de Madonna der Tranen.

Toen de kerkklokken de mensen opriepen voor de hoogmis, doofde het bestaan van signorina CASSANDRA ANGELI, geboren Kristel Engelen, op veel te jonge leeftijd. Zonder echtgenoot waar ze lief en leed mee deelde, zonder ontroostbare kinderen. Zonder opzienbarende titels. Niemand meldt u met innige droefheid dit onherstelbaar verlies. NON FIORI MA OPERE DI BENE (Geen bloemen maar goede werken).

De burgemeester staat bij de taxi te wachten en doet teken dat ik haast moet maken. Ik leg de gitaar in de kofferbak en voor ik in de auto stap, kijk ik of achter de ziekenhuisramen met de dikke gordijnen Carmela en Concettina niet met hun zakdoek komen wuiven. *Il padre* wordt ongeduldig. We moeten de terugvlucht halen. Het is niet mogelijk om langs Piero en Pietro te rijden om mijn rugzak op te halen.

tien

In de vertrekhal van de luchthaven worden we meteen onder handen genomen door de security. Er is een grootscheepse actie op touw gezet, een anti-maffia campagne. Een afgeborstelde man met zonnebril bestudeert onze identiteitskaarten. Karel en Kristel Engelen. Hij wil weten waarom we in Sicilië zijn en wat onze relatie is: 'È sposato?' Wat gênant, hij denkt dat wij getrouwd zijn. Paps glundert en zegt dat ik zijn dochter ben. Onze handbagage wordt binnenstebuiten gekeerd en een vrouw met haar zo pluizig als het zaad van een paardenbloem besnuffelt me met haar stofzuiger. Daarna worden mijn vader en ik door de afgeborstelde man met de zonnebril naar een geïmproviseerd kantoortje gebracht achter een hardboard schutting.

'Onesto!' Ik wist echt niet dat de gitaar gebruikt was voor het smokkelen van drugs. De honden hebben het geroken: in de buik van het instrument had marihuana gezeten. In stotterend Italiaans leg ik uit dat de gitaar niet van mij is, vertel over Jaap, het huis van Giuseppe en dat er een *gorgo* in het ziekenhuis heeft rondgelopen.

Er parelen zweetdruppels op mijn vaders voorhoofd. Hij eist een tolk en herhaalt dat hij burgemeester is: 'Le maire. Mayor. Der Bürgermeister.'

'Uomo di rispetto (man van eer)', schiet ik te hulp.

Omdat dat ook niet veel indruk maakt, rukt *Il padre* het prentje met de Madonna der Tranen uit mijn handen - onbewust heb ik het de hele tijd omkneld - en hij zweert op het verkreukelde Hart van Maria dat zijn dochter onschuldig is. Alleen een geoefend oog kan zien dat hij er niet helemaal zeker van is. Het diensthoofd komt erbij en neemt mijn vader mee. Ook de Afgeborstelde verdwijnt achter de schutting, nadat hij me met een dwingend gebaar duidelijk heeft gemaakt dat ik aan het plastieken tafeltje moet blijven zitten, waarachter de Uitgebloeide Paardenbloem een stapel blanco papieren zit te schikken. De leden van de Vereniging der Verontrusten zijn in allerijl van hun vakantie teruggekeerd en blokkeren mijn hersenen met hun stil protest. Met hun actie willen ze me op de ernst van mijn gedrag wijzen, alsof ik een bloedbad heb aangericht met honderden onschuldige slachtoffers, of in mijn eentje verantwoordelijk ben voor de honger in de wereld. Ik kan hen niet helemaal ongelijk geven, ben vreselijk lichtzinnig geweest, had beter moeten weten. Met opvallend grote helderheid herinner ik me opeens scènes uit *Midnight Express* en de mishandelingen die me te wachten staan als ik in de gevangenis terechtkom wegens drugbezit.

Vele overslaande hartkloppingen later komt de burgemeester weer achter de schutting vandaan met een hoofd als gloeiende lava. 'We kunnen gaan', zegt hij en aan de manier waarop hij door zijn baard wrijft weet ik dat ik verder geen vragen mag stellen of uitleg kan verwachten. *Madonna fammi la grazia.*

Een gammel busje brengt ons tot aan het vliegtuig naar Brussel dat ergens in de betonnen woestijn achter het luchthavengebouw op ons staat te wachten. Als we als laatste passagiers onze zitplaatsen zoeken, gapen tientallen ogen ons aan alsof we criminelen zijn. *Banditi, truffatori, coglioni.*

Bij het opstijgen kan ik door het raampje de kratermond van de Etna zien en de kustranden bij de Ionische zee, maar ik heb geen oog voor de schoonheid van het eiland onder ons. Ik ben nog te veel onder de indruk van het hele gebeuren en probeer mijn hart tot bedaren te brengen. Tijdens de terugvlucht wil ik mijn vader voorzichtig inlichten over mijn gezondheidssituatie. Maar toch. Hij is duidelijk uit zijn humeur geraakt door het gedoe met de security. Dat merk ik omdat hij nadrukkelijk mijn naam uit-spreekt: 'Je mag van geluk spreken, Kristel Engelen. Dit had slechter kunnen aflopen.' Dus houd ik me voorlopig stil. Terwijl de burgemeester de krant leest, kijk ik door het raampje naar de wollige wolken waar we overheen razen.

'Kristel Engelen', wat haatte ik die naam. Op de lagere school was ik een van de vele Kristels van de klas, hoewel sommige Christel heetten, met een CH. Ik had liever Sarah geheten met een H achteraan of Cassandra met een C. Met Engelen had ik een tweeslachtige relatie. In mijn geboortedorp kende iedereen me als 'de dochter van'. Bij 'beroep van je vader' vroeg Soeur Bernarda op quasi neutrale toon: 'En Kristel Engelen, vertel jij ons eens wie jouw vader is?' Alsof ze dat niet wisten! Ik hoorde net als ieder jaar gegniffel op de laatste rij en Katrien, die naast me zat, had kwaad achterom gekeken. Op dat moment wou ik dat mijn vader bakker, bediende of loodgieter was, in ieder geval een gewoon iemand. Maar mijn vader was, tot mijn fierheid en schaamte, een echt Iemand. Soeur Bernarda had voor hem gestemd, want hij had iets voor het klooster gedaan, iets in verband met de onteigening van de kloostertuin, dat was dus mooi niet doorgegaan. Mijn vader, zo zei Bernarda terwijl ze haar handen op haar gesteven boezem legde, was een braaf man, een echte christen, vandaar dat ik Kristel heette, naar Christus, de gezalfde.

Naar het beroep van moeders werd er op onze school niet gevraagd, want de moeders in ons dorp waren allemaal huismoeders, dus gelijk aan niemand. Behalve de moeder van Katrien, die was wel iemand, want die was toen al dood en we baden veel voor haar.

Ik ben geboren uit het hoofd van mijn vader, zijn gedachten gaven mij vorm. Hij kneedde me naar zijn beeld en gelijkenis. Ik wilde niet liever, tot de hormonen kwamen die de hele constructie overhoop haalden. In het doolhof met instortende gangen, lokkende reclames en gierende verlangens zocht ik mijn weg, de weg naar vrijheid. Telkens stond aan het einde van de tunnel burgemeester

Engelen klaar om zijn dochter in zijn liefdevolle armen op te vangen. Hij wist wat zij wou, hij wist wie zij was. Meer en meer ging ik dat wicht haten, dat schepsel dat hij - ondanks haar wispelturigheden - zo graag zag. Ik wilde haar niet zijn, wilde 'mij' zijn, maar wist niet wie dat was. Mijn jongensachtige lichaam begon op dat van een meisje te lijken, een vrouw zelfs. Een lichaam dat klaar was om ingenomen te worden door een ander. Nog meer dan mezelf te zijn, verlangde ik ernaar bij een ander te horen. Niet ik alleen, maar Jan of Wim of ... Ben en ik. Wij. Samen.

Zodra de burgemeester zijn krant uit heeft, wil ik hem vertellen over mijn hart. Mijn hart waar een klein stukje van afgestorven is. Ik zal hem bestormen met vragen, zodat hij geen tijd heeft om zich zorgen te gaan maken. Waarom kan een mens leven zonder appendix, gal, baarmoeder, testikels, borsten, armen en benen maar niet zonder hart? Waarom is je hart kwijtraken even dodelijk als je hoofd verliezen? Is dat omdat ik in wezen mijn hart ben? Of ben ik mijn hoofd? Stel dat men er ooit in slaagt mijn hersenen op pootjes voort te laten leven, los van de rest van mij. Dan ben ik dat toch niet meer? Mijn hersenactiviteit is toch niet mijn wezen? Maar als ik niet mijn verwarde brein ben en niet mijn beschadigde hart, wie ben ik dan wel? Wie of wat is mijn geest die toekijkt terwijl mijn lichaam onder me ligt en mijn hart stilvalt? Wie is dat wezen zonder lichaam dat met een eindeloos bewustzijn overal tegelijk aanwezig is? En wat blijft er van haar over als ik echt helemaal dood ben, niet alleen maar bijna?

Ik hoef niet aan de burgemeester te vragen of hij gelooft in een niet-materiële, onzichtbare wereld. Zijn antwoord ken ik al. Sinds de dood van mams vindt mijn vader spiritualiteit in zijn whisky en niet meer in de kerk. Toch gelooft hij rotsvast in het bestaan van Iets. Maar stel dat de burgemeester ondanks zijn universitaire studies en intelligente geest er helemaal naast zit. Stel dat er Niets is in plaats van Iets. Terwijl ik door het raampje naar de eindeloze lucht kijk, probeer ik me niets voor te stellen. Niets. Niet-ik. Niet iets. Leegte. Een kil en onpersoonlijk universum zonder enige betekenis. Doelloze, eindeloze verveling. Zonder wolken. Zonder engelen. Zonder vuur. Misschien is God niet dood maar alleen bevroren, en wordt hij nadat hij een eeuwigheid onder het ijs heeft gelegen opnieuw geboren. Misschien is God zijn eigen bestaan vergeten, omdat hij er niet meer toe doet, voor niemand. Maar stel dat hij alleen maar door ons zichzelf kan leren kennen. Dat hij alleen door ons toedoen kan ontwaken uit zijn winterslaap. Wordt het dan niet hoog tijd dat we onze hoofden en harten bij elkaar steken om God van zijn ondergang te redden, en hem op onze blote knieën vergiffenis vragen om het beeld dat wij van hem hebben gemaakt? Is het niet dringend tijd dat we erkennen dat we God misbruikt hebben om oorlogen te rechtvaardigen, mensen te vermoorden, vrouwen in het gareel te houden, kinderen bang te maken. Het is wel ontiegelijk laf van me dat ik, juist nu ik de eindigheid van mijn leven inzie, God in ere wil herstellen. Het getuigt van grenzeloos egoïsme dat ik hem juist nu wil laten verrijzen, terwijl hij me jaren onverschillig liet. Misschien moet ik de moed verzamelen om onder ogen te zien dat ik net als mams uit stof en as geboren ben en binnenkort tot stof en as zal wederkeren. En dat er uiteindelijk niets van me zal resten.

elf

Terwijl ons vliegtuig het universum doorklieft, dwalen mijn gedachten af naar mijn moeder. Volgens mams was heel de teloorgang van God de schuld van het ongedierte dat massaal ons dorp teisterde, de veelvraten die met gemak het hart uit haar borst rukten en met hun hoge pieptonen haar hoofd van slag brachten. In tegenstelling tot mijn vader, van wie de struise gestalte op iedere pensenkermis of braderie boven het volk uitstak, kwam zij niet graag onder de mensen. Giftige tongen beweerden dat ze hooghartig was: 'Wie denkt ze wel dat ze is?' Tot groot jolijt van de dorpelingen was er altijd wel iemand die dan antwoordde: 'Ze denkt dat ze van adel is.' Die flauwe grap had met mijn moeders afkomst te maken, met de geschiedenis van mijn grootmoe Josefien, die ik alleen ken door haar graf met de engel, en door de verhalen die over haar worden verteld.

Josefien was een eenvoudige dienstmeid, maar het aantrekkelijkste en verstandigste wezen dat baron Lodewijk Dubois kende. Terwijl zij het parket boende, het stof afnam of de lakens vouwde, maakte mijnheer de baron haar het hof. Josefien liet zich niet gemakkelijk verleiden. Als een plumeau van struisvogelveren glipte zij van tussen zijn benen en vluchtte in de bezemkast. De baron dook haar achterna. Zij werd stekelig als de grofste keerborstel, hij hield wel van die harde pinnen. Ze ontsnapte aan zijn grijpgrage handen en stijve pik. Hij struikelde over de boenwas, zij werd de vloeibare gele brij, haar geur maakte hem hitsig. Josefien ontglipte hem in allerlei gedaanten, werd zeemvel, spons, de zinken teil en het sop. Toen hij het sop opdronk om haar op die manier te bezitten, gaf zij het op en werd zijn geliefde.

Toen maanden later haar buik zo dik en strakgespannen stond, dat ze die niet meer kon verbergen, riep mevrouw de barones haar meid bij zich. Ze hadden haar diensten niet langer nodig. Josefien, het eens zo trotse en nette meisje, werd toen de afgedankte spullen die ze droeg en erger nog, zij werd het afval voor de vuilnisbelt, te vuil om aan te raken.

'Je draagt het zaad van de schaamte in je', zei de vader van Josefien en hij keerde haar de rug toe. Hoe moest hij, een simpele kolenboer, in godsnaam nog een mondje meer voeden? Hij keek niet om toen het kind geboren werd. Nummertje dertien noemde hij haar, maar mijn moeder heette eigenlijk Marie. Ze groeide op tussen de twaalf andere kinderen, dus tussen de broers en zussen van Josefien. Marie was de enige met groene ogen, felgroene ogen zoals van de baron. 'Duivelsogen', zei de kolenboer. Josefien at de overschotjes en sliep samen met het duivelskind in een bed op de zolder tussen de muizen. Soms droomde ze dat een mannenhand haar vond en voelde hoe zacht ze was onder de haveloze vodden die ze droeg.

Vier jaar later trouwde Lowie, een landbouwer van wie vrouw en kind in het kraambed gestorven waren, met Josefien, die bekend stond om haar werklust. Marie verhuisde met haar moeder naar zijn boerderij vlakbij de heide. Samen met Lowie kreeg Josefien nog een kind, een klein zusje voor Marie: Pauline. Mijn overgrootvader, de kolenboer, dankte God dat zijn dochter toch nog goed terecht was gekomen. Over de baron werd nooit meer gesproken.

Soeur Bernarda, die lid is van de Vereniging der Verontruste Ouders, trekt haar borstelige wenkbrauwen op en berispt me: 'Je moest je schamen! Wie heeft je verteld over die baron? Je tante Pauline zeker. Pauline heeft altijd een levendige fantasie gehad. Dat heb je van haar geërfd. Als je grootmoeder een gevallen vrouw was en je moeder een kind van de baron, dan zouden wij dat toch weten?'

Mocht mams nog leven, dan zou ook zij mijn verhaal een verzinsel noemen, de creatie van een zieke geest, een leugen die zoals de pest door de ratten wordt doorgegeven. Ze zou me het zwart-wit fotootje tonen waar ze samen met tante Pauline op staat. Twee vrouwen, fijn gebouwd, hun haar weggestopt onder een hoofddoek. Ze staan arm in arm en hebben precies dezelfde kleren aan: een hoog dichtgeknoopte hemdsblouse, lange rok en stevige zwarte schoenen. Volgens mijn moeder kon iedereen, behalve een debiele parasiet, zien dat ze échte zussen waren.

Grootmoe Josefien was een godsvruchtige en hardwerkende vrouw. Ze zorgde voor haar man en kinderen en voor de koeien, varkens, geiten, kippen en konijnen, terwijl grootva Lowie op de schrale zandgrond aardappels en groente kweekte die hij op de markt verkocht. Josefiens onopvallende, haast kleurloze bestaan veranderde volledig toen ze een bewondering opvatte voor de imme. Lowie had een paar bijenkorven in de boomgaard staan en toen hij haar belangstelling merkte, leerde hij zijn vrouw hoe ze de met kleverige honing gevulde raten uit de korven moest halen. Josefien ging ook graag met hem mee wanneer hij naar de korven bij het ven en de purperen heidestruiken ging. Daar, achter de brem, is Pauline verwekt, althans dat beweerde Lowie toen hij een glaasje teveel op had. Josefien werd zo rood als een pioen en zei dat hij geen nonsens moest vertellen waar Marie bij was.

Met veel passie legde Josefien zich toe op de imkerij. Zij bracht Marie een diepe eerbied bij voor de bijen. Zij zijn de gevoeligste schepsels op aarde, leerde ze haar, en hebben dingen door die wij mensen niet eens beseffen. De diertjes weten allemaal precies wat hun te doen staat: nectar verzamelen, honing bereiden, cellen poetsen, broed verzorgen, vlieggat bewaken. De Koningin is de allerbelangrijkste van het hele volk omdat zij zorgt voor het voortbestaan. Meer dan duizend eitjes per dag legt ze, oneindig veel per seizoen. Vliegen doet ze maar twee keer in haar leven. De eerste keer is haar bruidsvlucht, dan wordt ze door de darren bevrucht. Tijdens haar tweede en laatste vlucht gaat zij met de werkbijen op zoek naar een nieuwe woning.

Josefien won niet de grootste hoeveelheden honing van de streek, maar haar gouden brij gold als de beste en meest geneeskrachtige. Zij was als enige vrouw lid van de Imkerbond en ontving verschillende prijzen. Op de markt kreeg zij voor een klein potje heidehoning evenveel als de andere imkers voor een hele kilo. Ze spaarde een deel van het geld, want als Pauline wat groter was wilde ze met Lowie en de kinderen de trein nemen naar Oostende en het Noordzeestrand. Als eerste in het dorp gebruikte Josefien ook houten bijenkasten in plaats van gevlochten korven, zodat de honing gewonnen kon worden zonder het bijenvolk dood te moeten zwavelen. Zij mocht zelfs samen met Lowie een demonstratie geven bij de Imkerbond. Lowie maakte degelijke kasten met een dikke bodem zodat de bijtjes niet in de kou zaten in de winter. En hij maakte vliegplankjes waarop ze konden rusten als ze moe en zwaar beladen kwamen aanvliegen met hun vracht. Hoewel ze overal elders in de streek allang gebruikt werden, vonden de imkers uit Dreikerke die nieuwerwetse houten kasten alleen maar geschikt als brandhout.

Het is lente. Marie weet waar ze haar moeder kan vinden als ze samen met de kleine Pauline van school komt. Die dag speelt Marie met de kersenbloesem die het tuinpad achter de koeienstal bedekt. Ze verzamelt een handvol van de tere, witte blaadjes en laat ze dwarrelend op het gezicht en de haren van haar glunderende elfenzusje landen. Als ze de hoek omslaat waar de appelboomgaard begint, vraagt ze zich af wat die vreemde vracht is, midden op het pad. Tot ze dichterbij komt en de blonde krullen tussen de bloesem ziet. Marie heeft net dezelfde koperblonde lokken als haar moeder. 'Gekrulde haren, gekrulde zinnen', spotten de kinderen op school, maar ze weet van haar moeder dat ze trots mag zijn op haar krullen. Alles wat van de natuur komt, vraagt om eerbied. Het duurt even voor het tot het meisje doordringt, dat niet alleen de krullen, maar ook de dikke opgezwollen hompen die uit de voorschoot puilen, bij haar moeder horen. Ze gooit haar boekentas neer, neemt de kleine Pauline op en loopt zo snel ze lopen kan naar het veld waar Lowie de spruiten poot.

Lowie vindt zijn vrouw dubbelgevouwen op de grond, alsof ze haar gezicht heeft willen beschermen. Misvormd, opgezet, volgespoten met het dodelijke gif, gestikt door een opgezwollen keel. Lowie en de kinderen zijn met stomheid geslagen.

'Onze Bijenkoningin vloog naar haar nieuwe woonst', preekte de pastoor bij de begrafenis. Honderden mensen waren kilometers te voet gekomen om de dienst bij te kunnen wonen. Niemand begreep hoe dit had kunnen gebeuren. Josefien was ervaren, ze kende de gevaren en ging met ontzag en omzichtigheid met het bijenvolk om. Al gauw werd er gefluisterd dat er kwaad opzet in het spel was, iemand zou uit jaloezie de bijen agressief gemaakt hebben. Andere kwade tongen beweerden dan weer dat Josefien de darren had willen onderdrukken en dat de werksters zich tegen haar hadden gekeerd. Het was de schuld van die nieuwerwetse methodes, er ging niets boven korven. En de pastoor zou gezegd hebben dat Josefien gestraft werd voor zonden uit haar verleden.

'Het is de schuld van dat duivelskind', fluisterden de vrouwen achter hun vensterramen.

Lowie zei niets. Hij vroeg alleen aan de Imkerbond om de kasten, korven en resterende honing op te komen halen en hij groef een kuil op de plaats waar Josefien gestorven was. Een week later was hij nog steeds aan het graven. Marie smeekte hem op te houden, als hij zo voortging, zouden ze een brug moeten bouwen om nog bij de appels te geraken. Het was al donker en hij moest iets eten. Het meisje had heerlijke kippensoep gemaakt, met grote stukken vlees erin, zoals hij dat graag had. En Cato, de buurvrouw, had geschilde aardappelen en gerookte haring gebracht. Lowie antwoordde nors dat hij eerst dit werk moest afmaken. Marie had haar vader nog nooit zien huilen, zelfs op de begrafenis niet, maar toen hij haar uitlegde dat hij de zee voor haar moeder wou graven, rolden de tranen over zijn wangen tot in zijn stekelige snor. Hij wilde een zee maken, want de grootste wens van Josefien was, dat ze één keer in haar leven de zee zou zien.

Volgens de voorzitster van de Vereniging der Verontrusten heeft het verhaal van mijn grootmoeder een groot soapgehalte en ik vrees dat ze dat niet als een compliment bedoelt. Zij houdt van *Pride and Prejudice* of andere verhalen met standing. Er wordt verteld dat mijn grootvader de baron zich een kogel door het hoofd heeft geschoten, nadat hij gigantische schulden maakte met het gokken. Maar ik weet niet of dat waar is, terwijl de dramatische dood van mijn grootmoeder Josefien gegarandeerd echt gebeurd is. Mocht mams nog leven, dan zou ze dat kunnen bevestigen. Ze heeft het mij zelf verteld.

twaalf

Terwijl de geschiedenis van mijn grootmoeder samen met de schaapjeswolken onder ons doorglijden, drinkt burgemeester Engelen zijn whisky en leest de krant, eerst Het Volk en daarna De Standaard. Hij is nu zelfs aan de sportpagina's begonnen, terwijl hem dat normaal nauwelijks interesseert. Ik moet dringend met hem praten over de dood van Josefien. Stel dat ze niet gestorven is door het gif van haar bijen, maar dat ze een hartaanval heeft gekregen, dan wilden de diertjes haar niet doden maar juist weer wakker kussen. Mijn grootmoeder was nog geen dertig toen ze stierf. Niemand dacht op die leeftijd aan een infarct. Voor we in Brussel landen wil ik de burgemeester in vertrouwen nemen. Zo meteen, als hij de krant uit heeft, zal ik voorzichtig beginnen over mijn hartproblemen. En misschien zelfs over mams, Marie, de dochter van de Bijenkoningin.

Marie was een schone vrouw geworden, misschien wat te mager. Marie met de koperen krullen, de dochter van de Bijenkoningin. Bzz, bzzz. Men keek haar achterna als ze door de velden fietste. Marie met de duivelsogen. Bzz, bzzz. Marie, het bastaardkind. Bzz, bzz, bzzz. Ze hoorde de vrouwen fezelen achter de korenaren. Ondertussen rende de jonge Karel Engelen met zijn zevenmijlslaarzen van de ene meeting naar de andere. Bij een betoging of processie werd hij haast op hetzelfde moment aan het begin en het einde van de stoet gezien, druk bezig alles in goede banen te leiden. De preek van de pastoor zonk in het niets bij zijn toespraken. Met zijn imposante verschijning, zijn bulderende stem en gepassioneerde visie hypnotiseerde hij zijn publiek. Hij verzwolg het met zijn wijd geopende mond. Mijn moeder heeft me vaak verteld hoe ze onder de indruk was toen ze hem voor het eerst zag. Karel stond onder de spoorwegbrug waar ze langsfietste op weg naar het bietenveld. Daar oefende hij zijn passie, de rederskunst. Terwijl de goederenwagons voorbij raasden, trainde hij zijn stem met stenen in zijn mond. Zijn eerste kus smaakte naar steengruis, mams moest ervan kokhalzen, maar grootva Lowie zei dat ze zo een goede partij in ere moest houden.

De volgende zomer opende Karel Engelen zijn welsprekende mond en nam Marie tot zich. Als burgemeestersvrouw schitterde zij niet aan zijn zijde, zij stond zelfs niet in zijn schaduw. Hij droeg haar in zich, veilig onder zijn hart. 'Als bastaard is ze nog goed terechtgekomen', fluisterden de dorpsvrouwen na de zondagse mis.

Mams ging zelden de straat op. De deuren en rolluiken van de burgemeesterswoning bleven potdicht, 's winters om de warmte binnen te houden en 's zomers om ze te weren. Ze is slecht ter been, verontschuldigde de burgemeester haar. Dat was begonnen bij mijn geboorte, van mijn broer Marc bevallen was een peulenschil geweest, maar ik was een dwarsligger. Nu kwam de burgemeestersvrouw zelfs al niet meer naar buiten voor de wekelijkse markt. 'Bzz, bzzz. Ze voelt zich te goed om onder het volk te komen', fezelden de vrouwen op het dorpsplein. 'Bzz, bzzz. Wie denkt ze dat ze is?' 'Bzz, bzzz. Ze denkt dat ze van adel is.' Hun kwabbige buiken schudden van het lachen. Maar als iemand nog een stapje verder ging en grapte: 'Ze denkt dat ze de koningin is', verstomde het gelach. Men dacht aan de moeder van Marie, de Bijenkoningin. Niemand komt graag op een dergelijke manier aan zijn einde.

Paps zei dat de roddeltantes van het dorp net vliegen waren, die zitten graag op stront. 'Liegbeesten zijn het', schreeuwde mijn moeder, en dat hij als burgemeester die etterzuigers betere manieren had moeten leren. Mams kon warm zijn als de zomerzon en meegaand als een herfstblad met de najaarsbries, maar soms werd ze een voorjaarsstorm en ging ze zo wild tekeer dat de dakpannen ervan trilden. Zelfs de burgemeester was niet opgewassen tegen zo een noodweer en stuurde een schietgebedje naar boven. Wanneer de storm geluwd was, lag mams nog dagenlang in bed, de gordijnen gesloten, het maandverband in het sop, de zakdoeken ongestreken. Doodstil was het in huis en stoffig, tot ze zingend de trap afkwam en zoals Sneeuwwitje de ramen opende, de vogeltjes groette en aan de grote schoonmaak begon.

Op een dag, ik kom van school, ruikt heel het huis naar terpentijn. Mams heeft de woonkamer en het salon helblauw geverfd en ze is net aan de keuken begonnen. Haar koperblonde krullen zitten helemaal onder de verf. 'Blauw houdt het ongedierte buiten,' zegt ze, 'het schrikt de vliegen af.' Als ik de volgende zondag naar de bakker ga om pistolets en koffiekoeken te halen, hoor ik het ongedierte gonzen achter de vensterramen: Bzz, bzz, bzzz. Ik zie hun zwarte facetogen achter de gordijnen: Bzz, bzzz. Ze wrijven hun tentakels ritmisch tegen elkaar: Bzz, bzzz. Hun gezoem volgt me de hele weg tot bij de bakker en terug.

Die zondag moet ik niet naar de mis. Ik mag mijn moeder helpen met het dekken van de tafel. Vanuit de keuken roept ze: 'Eerst de vliegenvangers vervangen!' Ik haal de oude slingers weg en daarna peuter ik met mijn dunne vingertjes de kleverige rollen uit de doos en trek ze voorzichtig uit elkaar tot een lange sliert. Ik hang er eentje aan de lamp boven de eikenhouten tafel, eentje aan de rolluikkap en de derde duw ik met een punaise in het plafond naast de barkast, waarin naast de flessen met drank de koekjestrommel staat met koningin Astrid erop. Iedere week worden de vliegenvangers vervangen, want anders is de geur niet sterk meer, plakt de stroop niet genoeg en dan kunnen we die strontlikkers niet strikken. Toch vangen we nauwelijks wat, omdat de rij kleurige plastieken stroken aan de deuren de beestjes buiten houden met hun gewapper. Behalve deze ene keer. Trots toon ik mijn moeder hoe een vlieg met haar ragfijne vleugeltjes vastzit in de stroop, ze beweegt nog een beetje met haar dunne voorpootjes. Mams' groene ogen krijgen een vreemde blik. Furieus trekt ze de slinger uit mijn handen, zwaait hem als een zweep heen en weer over mijn gezicht en gilt: 'Je doet het opzettelijk, om mij te pesten.' De vliegenvanger raakt verstrikt in mijn haren en ze rent huilend de trap op, mij verbijsterd achterlatend. De vlieg leeft niet meer als Mark de slinger uit mijn haren knipt.

Steeds vaker mocht ik op de boerderij bij grootva Lowie logeren, zodat mams kon rusten. Mark was drie jaar ouder dan ik, oud genoeg om op haar te passen. Na mijn huiswerk liet ik papieren bootjes varen op 'de zee', een reusachtige vijver die Lowie lang geleden zelf had gegraven. De kabouters die errond stonden had hij uit plaaster gegoten en daarna met lakverf beschilderd. Trots toonde grootva de mallen die hij in de schuur bewaarde. Naast de negatieven van de kabouters stond een reuzengroot exemplaar. Toen hij de binnenkant van het plaasteren gevaarte met een zaklamp belichtte zag ik het: het was de mal van de engel op het kerkhof, onze grootmoe Josefien. Door het negatief te bewaren kon Lowie, op bestelling, meerdere exemplaren maken.

Katrien mocht nooit mee op de boerderij logeren, omdat grootva Lowie griezelde van 'die bourgeoisfamilie onder wier dure manieren drek verborgen zit'. Katrien is de échte kleindochter van baron Lodewijk Dubois. Ik dacht dat adellijke families op een kasteel met drakenkoppen woonden, of toch minstens in een huis met purper glas in de ramen. Maar Katriens huis was net als de burgemeesterswoning een gewoon huis, geen kleine arbeiders-woning maar een gewoon huis met een verdieping. Toch merkte je dat Katrien van betere komaf was, want ze aten altijd met mes en vork en spraken Frans aan tafel. Sinds Katrien me verteld had dat ik geen kleinkind was van grootva Lowie maar van baron Lodewijk Dubois, begreep ik waarom mijn vriendin en ik dezelfde opvallende, felgroene ogen hadden en dat we niet alleen ziels- maar ook echte bloedverwanten waren. Katrien snapte niet waar de mensen zich zo druk over maakten, onze afkomst had in haar ogen geen enkel belang. Maar stel dat baron Dubois Marie wel als zijn dochter erkend had, en dat grootmoe Josefien de nieuwe vrouw van de baron was geworden, dan had mijn moeder niet naar *Schipper naast Mathilde*, maar naar *Pride and Prejudice* gekeken. Ze zou niet met mijn vader, maar met Mr. Darcy of een andere bourgeois getrouwd zijn. En ik zou niet echt ik zijn en mijn naam niet Krist'l maar Elisabeth of Catharina ... Katrien. Zou Ben dan nog steeds van mij houden?

Er duwt nog een verhaal tegen mijn borstbeen. Ik heb goede redenen om het te negeren, maar het eist haast om bevrijd te worden. Het heeft niets met Ben of Katrien te maken. Ik zat toen nog niet op de School voor Expressie maar op Sociologie. Het was een november- morgen, ik haastte me naar de les, struikelde haast over iemands boekentas, toen Prof Statistiek naar me toe kwam: 'Je kunt het best naar het huis van je grootvader gaan,' zei ze, 'er is een ongeluk gebeurd.' Was hij uit een boom gevallen? Dat kon ze me niet vertellen, maar ik begreep dat het ernstig was. Voor een gebroken arm of been lieten mijn ouders me niet terug naar Limburg komen. In het station belde ik naar huis, maar er nam niemand op. Ook bij grootva Lowie bleef het rinkelen. De treinrit naar Hasselt leek eindeloos te duren en ik besloot daarna niet op de bus te wachten maar te liften. Ik hoopte mijn grootvader nog levend te zien, en nam het mezelf kwalijk dat ik al maanden niet op bezoek was geweest.

Bij de boerderij ziet het zwart van het volk. Ik dring door het ongedierte en loop langs de oprit naar achteren. Daar zit grootva

Lowie met gebogen hoofd op de dorpel van de staldeur. Ik kan zijn schedel zien doorheen zijn dunne grijze haar. 'Ze is dood', zegt hij zonder me aan te kijken. Ik weet meteen wie hij bedoelt, maar geloof het niet, sta wat schaapachtig te grinniken en verwacht ieder moment dat mams om het hoekje zal komen kijken en 'Gefopt!' zal roepen. Die twee brengen me wel vaker aan het schrikken. Maar mams komt niet om het hoekje kijken en Lowie mompelt dat Marc en Ilse mee zijn naar het lijkenhuisje. De burgemeester zit ergens in het noorden van Nederland voor een congres. Het begint voor mijn ogen te duizelen, ik ga naast mijn grootvader zitten, wil dat hij een arm om me heen slaat, maar dat doet hij niet. Gisterenavond, vertelt hij, kwam Marie op de boerderij aan omdat het dorp vergeven was van de vliegen. Hij had een jenever voor haar ingeschonken en was daarna gaan slapen omdat hij vroeg op moest voor de koeien. Ze is de tuin ingegaan, is in het donker over een van de kabouters gestruikeld en met haar gezicht in 'de zee' gevallen. Mijn longen drukken tegen mijn borstbeen. Ik hap naar lucht zoals een vis op het droge. 'Ben je zeker dat het per ongeluk was?' vraag ik als ik weer een stem heb. Grootva springt recht, grijpt ruw mijn pols vast en sleurt me mee tot aan de vijver. De blauwe kabouter ligt om en de bodem van de vijver is op die plaats bezaaid met iets groens, het duurt even voor ik zie dat het spruiten zijn. 'Zie je wel, zie je wel', schreeuwt Lowie, zo hard dat het volk op straat het kan horen. 'Iemand die zich van kant wil maken, gaat niet eerst spruiten plukken.' De tranen en het snot lopen over zijn stekelige snor. Ik zak door mijn knieën, wrijf mijn pijnlijke pols en snik.

Het is een onuitgesproken afspraak tussen de burgemeester en mij dat we zwijgen over mams sinds haar dood. We willen niet dat zij een verhaal wordt dat bij elk familiefeest of iedere Breugel-kermis wordt verteld. Bij te veel herhaling wordt mams een zielloze anekdote, of in het beste geval een monoloog uit een toneelstuk waarmee je ook tijdens de driehonderdvijftigste voorstelling je publiek weet te raken, omdat je perfect weet waar je de klemtoon moet leggen en waar je stiltes moet laten, en toch krijg je het akelige gevoel dat je de boel zit op te lichten, omdat je zelf niet meer gelooft wat je vertelt. We willen niet dat mams een leugen wordt, of een verhaal zonder ziel.

Ik noteer het woord 'ziel' in mijn kladblok. Niemand weet nog wat ziel precies betekent, laat staan wat de verhouding is met 'geest'. Concettina, de serafijn heeft het me proberen duidelijk te maken tijdens haar Italiaanse les voor gevorderden: *L' anima e lo spirito*. We stonden bij *il lavello*, want Concettina houdt van plastisch onderricht. Ze wees naar het stilstaande water in de wasbak: *L'anima*. Toen blies ze haar adem in het water en er kwamen rimpelingen in het oppervlak: *Lo spirito*. Het gaat erom, leerde ze me, dat we rimpelingen veroorzaken, dat we iets van onszelf doorgeven aan de toekomst. Maar deze sacrale woorden zijn vergeten of verstoten. Zou Verbannen Woorden geen goede titel zijn voor mijn boek?

'Fasten your seatbelts.' Het is kwart over elf 's avonds, acht graden Celsius in België en het regent. Burgemeester Engelen vouwt de krant op. 'Doe je veiligheidsgordel aan', bromt hij. 'We gaan landen.'

Minder dan een uur later sta ik in de gutsende regen voor het huis aan de Antwerpse kade, het huis met het Franse rolluik en de stenen balustrade. De BMW van de burgemeester rijdt de straat uit. Ik wil hem achterna lopen, mijn vader in vertrouwen nemen, hem vertellen over mijn hart en mijn ontmoeting met de engelen. Maar toch. De bierviltjes met de juiste woorden erop ontbreken. Er schijnt licht door het raam op de eerste verdieping. Katrien is nog wakker.

Deel 2

Als het zo is dat wij slechts een klein deel kunnen leven van
wat in ons zit - wat gebeurt er dan met de rest?

P. Mercier (2006). *Nachttrein naar Lissabon*

Dat wat voor u, regisseur, een te scheppen illusie is,
is daarentegen voor ons de enige werkelijkheid!

L. Pirandello (1921).
Personage uit *Zes personages op zoek naar een auteur*

Eva

dertien

Het liefst van al zou ik in het lichaam van een kunstschilder zitten op het moment dat hij de eerste streep zet op het maagdelijk witte doek voor zich, zodat ik kan voelen welke onzichtbare drang hem aanzet tot actie. De zomervakantie is al ruim twee weken ver en ik kom tot niets. Mijn gsm wekt me om negen uur, ik draai me nog eens om, slaap voort tot half een, trap op de stapel papieren naast mijn bed, stap over de lege flessen in de keuken, en bevestig het Chinese gezegde op de koelkast dat zegt dat mensen morgen datgene doen wat zij vandaag hebben gedaan, omdat het is wat zij gisteren hebben gedaan: ik drink een glas chocolademelk, trek mijn regenjas aan over mijn blootje en neem de lift naar de gang beneden om te kijken of er post is. Geen prentbriefkaart van Walter, alleen reclamedrukwerk. Terug onder mijn dekbed kijk ik mijn sms'en na: Jonas verveelt zich met zijn moeder in Blankenberge en vraagt of ik een dagje langskom. Het regent alweer aan zee. Hier ook. Moet me dringend inschrijven, bedenk ik. Weet niet welke richting. Vandaag ga ik het programma van de tolken-school bekijken. Of dat van psychologie. Met mijn tenen slaag ik erin het lichtblauwtje schriftje vanop de grond naast mijn bed tot op mijn dekbed te tillen. *VOOR WALTER* heb ik met een zilve-ren stift op het kaft geschreven. Je mag schrijven wat je wilt, legde Walter me uit toen hij me het schriftje gaf: over je leven, je dromen. Over je moeder. Maar wanneer ik mijn gedachten neer wil schrijven, lijken ze weer weg te glijden tussen de gleuven in mijn hersenen, waar ze een smeuïge massa uitgelopen woorden worden. Ik wil Walter niet teleurstellen, dus sla ik het schriftje open en schrijf op de eerste blanco bladzijde: 'Antwerpen, zomer 2012'. Waar haal ik een zin vandaan? Een eerste bijzondere zin. Zal ik beginnen bij het begin? Mijn begin.

Ik ben Eva, dat ben ik al sinds mijn geboorte. Mama gaf me die naam omdat hij 'leven' betekent. Door mijn geboorte ging haar grootste wens in vervulling: leven doorgeven. 'Is mijn vader dood?' vroeg ik toen ik drie was. Ze legde me uit dat ze van een vriendelijke mijnheer een zaadje had gekregen. 'Van opa?' Neen, van een mijnheer die ze niet kende. Zijn zaadjes werden bewaard in een vriesvak van het ziekenhuis, tot ze bij haar ingespoten werden. 'Brr, wat koud', rilde ik en speelde voort.

Op papier zijn mijn gedachten anders dan in mijn hoofd, minder volwassen. Walter weet dat ik Eva heet. En dat ik een BAM-kind ben, grootgebracht door een Bewust Alleengaande Moeder. Op internet las ik dat ik bij een stille revolutie hoor, maar op mijn oproep hebben tot hiertoe geen BAM-kinderen gereageerd, alleen vrouwen die overwegen zwanger te worden via donorzaad. Ik heb hen gerustgesteld: ik word niet gepest op school, ik ben niet wanhopig op zoek naar mijn vader en ik neem het mijn moeder niet kwalijk dat ze zo egoïstisch is geweest mij op de wereld te zetten zonder mijn mening te vragen.

Zolang ik me kan herinneren zat mama een boek te schrijven, op haar laptop aan de keukentafel, met een glaasje witte martini en een kommetje borrelnootjes in de buurt. Ze werkte tot laat in de nacht en laste alleen een pauze in om onder de afzuigkap een sigaartje te roken. Het manuscript van Boek met Sacrale Woorden, waar ze aan begonnen was toen ik nog een baby was en dat driehonderdtachtig A4-bladzijden telde, heeft ze naar zes uitgeverijen gestuurd. Ik vrees dat ze niet geïnteresseerd waren in woorden als *OFFER, SACRAMENT OF APOCALYPS.* De geur van een duf katholicisme en handtastelijke pastoors kleeft eraan. Niemand wilde het uitgeven. 'De schuld van het computertijdperk,' gromde mijn moeder, 'mensen zoeken tegenwoordig die dingen op internet op.' Dus kreeg ik een overgebleven manuscript om op de achterkant te tekenen. Ik was toen acht. Naast de A van aartsengel schreef ik 'adoptie'. Naast de D van deemoed schreef ik 'donor'. Naast de W van welgevallen 'wenspapa'.

Mijn moeders grote liefde was een leraar van de School voor Expressie, maar die is door een val van de trap om het leven gekomen. Nadien is het nooit nog wat geworden. Mama had geen tijd om een papa voor me te zoeken. Ze was aan een nieuw boek begonnen. Dit keer wordt het een roman, verklapte ze me, en schonk zich een volgend glas martini in. De titel van mama's nieuwe project was 'Dodenstad'. Meer wou ze niet prijsgeven. Maar ze kon niet zwijgen en las regelmatig stukjes aan me voor, over Cassandra die eigenlijk Krist'l heet. Dat is niet mijn moeders naam, maar de naam van haar hoofdpersonage. Mijn moeder heet Katrien en zij is in tegenstelling tot haar personage nooit in Sicilië geweest.

Mama is er altijd trots op geweest dat ze een BAM-moeder is. 'Vergeet nooit dat je echt gewild bent,' zei ze, 'je bent geboren uit liefde.' Haar liefde wel te verstaan, haar altijd tegenwoordige, al-omvattende liefde. Soms wou ik dat ze er wat minder van had. Onze flat hangt vol met de foto's die ze van me nam: Eva in bed, Eva in bad, Eva is jarig. Als kind voelde ik me uitverkoren, maar nu vraag ik me af waarom ik nergens een foto van mama vind, ook niet van vroeger. Alsof haar leven begon bij mijn geboorte. Ik betrap me erop dat ik nog vaak in de tegenwoordige tijd aan haar denk, terwijl ze vorig oudjaar gestorven is. Onverwacht. Door een stukje pinda dat in haar long terecht is gekomen.

Omdat ik al bijna achttien was, mocht ik van de jeugdrechter alleen in ons appartementje blijven wonen op voorwaarde dat ik wekelijks een gesprek had met een maatschappelijk assistent, Walter. Hij is even aartselijk als zijn naam, veel te mager, en hij stelt veel vragen, over gevoelens, en over de studie die ik kan gaan volgen dankzij het geld dat mijn moeder me - tot mijn verbazing - op een spaarrekening heeft nagelaten. Walter heeft van die trieste ogen, zoals van een straathond, maar daar lette ik al snel niet meer op omdat het zachte ogen zijn en hij ertegen kan dat ik weinig of niets zeg. Hij neemt aan dat er een goede reden is waarom ik zo zwijgzaam ben. En die is er ook: ik heb namelijk niets te vertellen, ik weet niet wat ik kan, ik weet niet wat ik wil, het lijkt erop dat ik mezelf nog moet uitvinden. Soms denk ik dat ik me zo richtingloos voel omdat ik niet weet wie mijn vader is, maar volgens de moeder van Jonas hoort dat bij onze leeftijdsfase. Beter geen vader dan een loser en armoezaaier zoals Jonas' vader.

Naast mijn bed ligt een pak papieren, het onaffe manuscript van mijn moeder. Dodenstad. Wat moet ik ermee? Lezen, verbranden, naar een uitgeverij sturen? Welke raad zou Walter me geven? Ik scheur de beschreven bladzijde uit mijn schriftje en begin opnieuw:

Beste Walter,

Ik wou dat je terug was van je vakantie, zodat we konden praten over de absurde brief van mijn moeder die ik gevonden heb in de lade van de keukentafel, bovenop een uitprint van haar schrijfsels. Verder wou ik dat mijn vakantiejob al begonnen was, zodat ik minder tijd had om te piekeren. Mijn hoofd lijkt een tijdbom.

Eva

veertien

De hersenen van stedelingen werken compleet anders dan die van bewoners van het platteland. Dat heb ik ergens gelezen. Wij, stadsjongeren, hebben een groter risico om een of andere stoornis te ontwikkelen. Het is twintig over vier 's morgens en ik staar al uren naar de Chinese spreuk die mijn moeder met een speld tegen het behangpapier naast de zitbank heeft geprikt: Het beste medicijn tegen slapeloosheid is veel slapen.

Beste Walter,

Gisterenavond ging ik de straat op om papieren zakdoekjes te kopen. De Delhaize was al gesloten. Op nog geen vijf meter bij me vandaan zag ik mijn moeder in de richting van het station lopen. Ze droeg haar jeans en grijze regenjas. Ik wist dat het waanzin was en toch versnelde ik mijn tred om haar in te halen. Nog voor ze zich om- draaide zag ik dat haar haar dunner was dan de donkere haardos waar mijn moeder zo trots op was en na een tik op haar schouder - ik kon het niet laten - keek ik in het verschrikte gezicht van een vrouw die veel jonger was en voller van gezicht dan mama. Ik mompelde een verontschuldiging en vroeg of er ergens een nacht- winkel open was.

Later op de avond ben ik, gewapend met neusspray en omringd door een zee papieren zakdoekjes, onder de wijnrode fleecedeken van mama op de zetel in slaap gevallen. Ik werd wakker omdat ik voelde dat er iemand achter de deur stond op de gang. Nog voor ik opendeed wist ik dat zij het was. Ze stond in haar witte Indische pyjama voor de deur van onze flat, lachte, duwde me opzij en kwam binnen. Oei, dacht ik, nu gaat ze ontdekken dat ze dood is en dat ik haar kleren aan armenzorg heb meegegeven. Terwijl ze zich een glaasje martini inschonk, vroeg ze of ik haar briefje gevonden had.

Mijn moeder is de grootste dramaqueen die ik ken! Zelfs na haar dood weet ze me nog van streek te maken met haar theatraal gedoe. Kwaad scheur ik wat ik schreef uit Walters schriftje en gooi de prop bij de andere papierproppen in de hoek van de kamer. Als ik zo doorga blijft enkel het kaft over als Walter terug is van Portugal. Kan me niet schelen! Hij heeft me ook geen postkaart gestuurd, terwijl hij het me beloofd had en ik zijn steun zou kunnen gebruiken.

Ja mama, ik heb je opdracht gevonden, bij de ruim driehonderd bladzijden ongestructureerde flarden Dodenstad. Aan wie dit leest, stond er. Alsof je niet kon raden dat ík het zou vinden.

Aan wie dit leest,

Mocht ik doodgaan voor mijn boek klaar is, zorg dan dat dit verhaal wordt afgemaakt, het verhaal van Krist'l Engelen. Zodat zij blijft voortleven.

Katrien Dubois

Mama! Jouw verhaal afmaken, hoe komt je erbij? Terwijl je me altijd verteld hebt dat kinderen de missie van hun ouders niet hoeven waar te maken. Kinderen moeten hun eigen roeping volgen. Door een te grote portie vader - opa was volgens jou een alziende en alwetende dwingeland - was dat voor jou zeer lastig. Voor mij liggen alle wegen open, zei je. Maar hoe weet ik welke weg voor mij is? Een engel fluistert het in mijn oor, zeg je? Misschien ben ik vroegtijdig doof geworden door de stralen van mijn gsm of door het voortdurende gedaver van de tram voor onze voordeur.

Ja, mama, ik weet nog dat je stukjes voorlas uit Dodenstad. Ik wilde altijd weten of iets echt gebeurd was. Zo herinner ik me een bangelijk stukje over een meisje Jessica, dat zit te chillen in een grot tussen de dode mensen. 'Bestaat Dodenstad echt?' wilde ik weten. Je nam een reisgids van Sicilië uit de kast en toonde me een prent van een prehistorische begraafplaats die duizenden in de rotswand uitgehouwen graven telt. 'Staat er ook een foto in van Jessica?' vroeg ik opgewonden. 'Neen,' lachte je, 'zij is puur verzinsel.' Ik kreeg tranen in mijn ogen, ben naar mijn kamer gelopen en heb de deur achter me dichtgeklapt. Eerst neem je me mee in je verhaal en daarna zeg je dat het niet waar is! 'Alle romanschrijvers liegen,' was je verdediging tegen mijn beschuldigingen, 'maar hun fictie', vervolgde je met je kin in de lucht, 'bevat meer waarheid dan zogenaamde feiten.' Ondertussen weet ik natuurlijk dat schrijvers werkelijkheid en verzinsel door elkaar halen, maar toen voelde ik me bedrogen. Ik was twaalf.

Je beloofde me dat zodra Dodenstad op de wereld was, we samen naar Sicilië zouden gaan. Maar je creatie was jaren later nog steeds niet af. De personages wilden niet doen wat jij wou, ze leidden een eigen leven. Je wisselde je martini's af met amaretto's en sambuca's om in de juiste stemming te komen. De flessen raakten eerder leeg dan de bladzijden gevuld, en ze stapelden zich op in huis. Ik mocht ze niet naar de glascontainer brengen, we konden ze nog gebruiken. Dus spoelde ik ze uit en weekte de etiketten eraf. Voor een vakantie hadden we geen geld, maar je had een eigenzinnige oplossing bedacht. 'Vandaag gaan we naar China', kondigde je vorig oudjaar aan. We namen de tram naar het centrum en trokken te voet door de Chinese straat. 'Dit is het goede aan Antwerpen,' zei je stralend, 'hier kan je de hele wereld zien!' In chaotische superettes, waar de verkopers in snelle pieptonen spraken met af en toe een verstaanbaar oké, oké, tussendoor, kochten we vreemdsoortige groenten, kleurrijke blikjes en verdachte flesjes.

Je vond ook een jurkje voor me in blinkend appelblauwzeegroen met een opstaand kraagje. De verkoper, een oude Chinees met een Amerikaans petje op, schakelde moeiteloos over op Antwerps dialect en toonde ons het etiket met SHANGHAI CHINA. Hij wees me het kamertje achter in de winkel waar ik kon passen tussen de kartonnen dozen en de grote blikken thee. In plaats van knopen moest ik appelzeeblauwgroene roosjes door een lusje halen en daar werd ik zenuwachtig van. Het was een tuttig kleedje, maar jij vond het prachtig staan bij mijn groene ogen, en je drong aan: 'Het is een koopje.' Ik hield vol dat ik het nooit zou dragen. Je verweet me mijn koppige karakter en dat ik die halsstarrigheid zeker niet door jouw genen had. Thuis haalde je de wok uit de kast en begon te goochelen met de walgelijk ruikende ingrediënten. Omdat ik geen ruzie wilde, opende ik op jouw vraag de blinkende verpakking van een *fortune cookie*, brak het in tweeën en las voor wat er op het minuscule briefje stond: We zullen door de sporen weten wat we achterlaten. Je slurpte van je lycheelikeurtje en ik zag dat je gelukkig was. 'Volgend jaar kook ik koosjer,' glunderde je, 'dan zetten we een pruik op, trekken steunkousen aan en bezoeken een Joodse synagoge.' Volgend jaar, dacht ik, wil ik de uitnodiging van de moeder van Jonas aannemen, en met hen meegaan op skivakantie. Toen wist ik natuurlijk nog niet dat er voor ons geen volgend jaar meer zou komen. En dat je een spoor zou achterlaten van glimmende verpakkingspapiertjes en minuscule briefjes waarvan de boodschap altijd wat tegenvalt. De gelukskoekjes zelf hebben we allemaal opgegeten.

vijftien

De regen sleept al dagen aan, druilerig en onverbiddelijk, zoals het neusvocht dat het vlees rond mijn bovenlip deed zwellen alsof ik een mislukte lipvergroting heb ondergaan. Aan mijn kassa staat een coole gast met dreadlocks, zwarte huid en een spottende glimlach. Ik reken zijn inkopen af: 'It is twenty-four euro's and fifty cents.' Mijn stem klinkt erg nasaal. De rasta reikt me een briefje van vijftig aan en ik bedwing de opwelling om zijn hand te grijpen en tegen mijn verhitte wang aan te drukken. Hanna, de caissière naast me, grinnikt en werpt me een veelbetekenende blik toe: wat een stuk! Goedlachse Hanna is net als ik deze week begonnen aan een vakantiejob in de Delhaize. Zij komt met de tram uit Deurne, ik hoef alleen maar de straat over te steken en kan - bij wijze van spreken - vanuit ons appartementje mezelf zien zitten in een belachelijke schort, terwijl ik het wisselgeld tel.

Ik snuit mijn neus en kijk door de glazen dubbeldeur van de nooduitgang de rastaman na. Zou hij in de buurt wonen? Met een afwezig 'goedenavond' begroet ik mijn volgende klant. Nog een half uurtje en ik kan naar huis, waar ik ook 's nachts tussen slapen en waken aan de lopende band producten zit in te scannen. De klant, een vrouw met een caddie, reikt me een kortingsbon aan en ik kijk recht in de ogen met kraaienpootjes van mijn moeder. Meteen ben ik klaarwakker. Om te verbergen hoezeer ik door haar blik in de war ben, richt ik me met veel ijver op het verwerken van haar boodschappen: gehakt, tomatensaus, paprika … Met 'dat wordt spaghetti vanavond', probeer ik een gesprek aan te knopen. 'Chili con carne', verbetert ze met de zangerige toon van een Limburgse. De vrouw lijkt niet op mijn moeder, ze is veel langer en heeft krulhaar. Zwierig zet ze twee blikken rode bonen op de band. Dan bukt ze zich om een pak waspoeder op te tillen, en doordat de bovenste knoopjes van haar hemdblouse openstaan zie ik dat er een groot litteken in de lengte over haar borst loopt. Een openhartoperatie? Zou dit …? Schreef mijn moeder niet dat …? Neen, mijn fantasie mag niet op hol slaan! Bij het afrekenen probeer ik tevergeefs de naam van de vrouw te lezen op haar bankkaart. Ik wacht tot ze haar caddie sluit en begroet dan een zwangere Marokkaanse, die vanavond wortelpuree met kalfsworst wil maken. Terwijl mijn stem door de micro galmt: 'Afdeling groente en fruit aan kassa drie gevraagd', zie ik door de glazen deur hoe de vrouw met de caddie de straat oversteekt. Op hetzelfde moment komt mijn bovenbuurvrouw, Gabryjella Kamińska, uit ons woonblok om zoals iedere avond naar café-brasserie Om de Hoek te gaan, waar ze tot laat in de nacht afwast, poetst en het de Canadese eigenaar naar de zin maakt. De vrouw met de caddie steekt Gabryjella voorbij en rijdt tot mijn verbazing haar karretje de residentie naast ons appartementsblok binnen!

Mijn shift zit erop, mijn kassa is geteld. De zon is door de wolken gebroken. 'Tot maandag', roep ik Hanna na. Zij wuift en dartelt in haar stretch mini-jurk, die in vurig rood haar ronde vormen beklemtoont, naar de tramhalte waar haar vriend Mammet wacht. Ik steek zonder op het groene licht te wachten de straat over en enkele seconden later glip ik residentie Plantin binnen. De hal heeft een brede witmarmeren trap en is veel ruimer dan ons donkere inkomgangetje. Ik bestudeer de naamkaartjes bij de deurbellen: Sulowska Rybicki, Herman en Mieke, P. Grossi, Idrissi en Sami… Niets. Het zou natuurlijk een al te groot toeval zijn als Krist'l Engelen naast onze deur zou wonen. Ben ik gek aan het worden? Niemand anders ter wereld gaat op zoek naar een personage uit het boek van haar moeder! Op het moment dat ik weg wil gaan, stapt de knappe Peter Grossi, die ik ken omdat hij in bijna alle Vlaamse feuilletons meespeelt, uit de lift samen met de vrouw met het openhartlitteken.

'Krist'l Engelen?' stamel ik.

De vrouw kijkt me spottend aan: 'Wie zoek je? Engelen?'

Beschaamd haast ik me naar buiten en knoop voor eens en altijd in mijn oren dat mama's verzinsels geen werkelijkheid zijn.

In onze vertrouwde, naar schimmel ruikende gang open ik onze brievenbus - mijn brievenbus. In plaats van de verwachte elektriciteitsrekening vis ik een postkaart uit Portugal op. Ik draai 'Lissabon' om en bekijk de uiterst originele boodschap op de achterzijde: Zonnige groeten. Getekend door Walter met: Walter, Sonja, Cas en Jana. In zijn harmonieuze handschrift toont Walter me dat hij een gelukkig gezinnetje is. Steek! Straks zal ik in zijn schriftje schrijven dat we onze ontmoetingen beter kunnen stopzetten. Tenslotte ben ik ondertussen meerderjarig en ik red het zonder samen chocolademelk drinken. Er zit nog een enveloppe tegen de binnenwand van de bus aangeplakt. De beige omslag met de letters F.D.T. is geadresseerd aan Katrien Dubois. Ik voel me baldadig worden, heb zin om tegen vuilnisbakken te trappen, kikkers de poten uit te trekken. Wie weet er nu nog niet dat mijn moeder gestorven is? Vorige week heb ik KATRIEN DUBOIS overplakt met GEEN RECLAMEDRUKWERK. Dat was heel vreemd om te doen, alsof ik mijn moeder wegmoffelde onder een sticker, waarmee ik haar definitief doodverklaarde en ook een stuk van mezelf. Ik ben nu niet langer KATRIEN DUBOIS en EVA maar alleen EVA, de eerste en enige vrouw ter wereld. Driftig scheur ik de enveloppe open. Het duurt even voor het tot me doordringt waarover - of liever over wie - het gaat.

Beste oud-student,

Michiel Van Zonhoven, uw dramaturgieleraar, gaat met pensioen. We laten zijn vertrek niet zomaar voorbijgaan, maar nemen feestelijk afscheid. U bent welkom in de gebouwen van het FDT (de vroegere Hoge School Voor Vrije Expressie). Hieronder volgen de precieze gegevens en de inhoud van ons feestprogramma. We hopen u te zien.

Hartelijke groet, Frans Vermalen
Hoofd van het feestcomité FDT *Antwerpen*

Michiel, mijn moeders enige grote liefde die door een val van de trap om het leven kwam, gaat met pensioen!

zestien

Op deze zonovergoten middag met overladen volle terrasjes zit ik op de trap van het Museum voor Schone Kunsten en bestudeer mijn tenen in de zilverkleurige sandalen die ik van mama heb geërfd. Mijn tweede teen steekt de dikke in lengte de loef af, het haast nagelloze kleintje klampt zich krampachtig vast aan zijn buur, de vierkante teennagels lijken van parelmoer tegen de bruine huid van mijn voeten. De gelijkenis met mijn moeders onderste ledematen dringt zich zodanig aan me op dat ik in die van mij knijp om me ervan te verzekeren dat ze bij de rest van mijn lichaam horen. Haastig zoek ik de verschillen: mijn huid is gladder, mijn tenen minder knokig, mijn enkels voller dan die van mama.

Met veel gepiep stopt tram acht op het museumplein. Wanneer de laatste passagiers zijn uitgestapt - een jongen met zijn gezicht diep in een groezelige capuchon hand in hand met een fiks getatoeëerd anorexiameisje met honingblond haar en helblauwe ogen - snuit ik mijn neus en stuur een sms naar Hanna: ben in museumtuin. Vanwege de lege flessen spreek ik liever niet bij ons thuis af. Je kan er je benen over breken. Walter stelde voor om ze naar het containerpark te brengen, maar dat wilde ik niet. Omdat mama dat niet wilde.

In de tuin, aan de kant van de Schilderstraat, vind ik een reusachtige engel in het gras. Ze is plat op haar wang gevallen, één vleugel afgerukt. De engel grijpt de hand van de bronzen man die naast haar op de aarde is gesmakt. Niemand van de zondagse wandelaars schijnt de gevallenen op te merken, een enkele keer kijkt iemand zonder hen te zien. Roerloos liggen ze daar, diep in de grond gedrongen, hij op zijn buik met zijn hoofd in de holte van haar oksel, zij half naar hem toegedraaid. Ongewild verplettert ze zijn rechterarm met haar metalen heupen. Haar ene ongeschonden vleugel steekt groot, krachtig en opvallend enkelvoudig in de lucht.

Ik klamp een voorbijganger aan, een kalende heer in short. Eerst kijkt hij me aan alsof er iets niet helemaal met me in orde is, dan ziet hij wat ik zie en bestudeert het trieste tafereel.

'Vast van hun sokkel gegooid door vandalen', concludeert hij. 'Wat kunnen we eraan doen, gebeurt wel vaker.'

Rechtzetten, schade opnemen, verzorgen, troosten? Hij schijnt mijn gedachten te raden.

'Luister,' zegt hij, 'mijn vrouw wacht. Als ik te laat kom, zal ik er slechter aan toe zijn dan deze arme drommel. Hij mag van geluk spreken met die engel aan zijn zijde.'

'In mijn eentje krijg ik hen niet terug rechtop', dring ik aan. Hij negeert mijn smeekbede en haast zich voort.

Zwijgend zit ik op het gras bij de gevallenen. Na mijn alarmmelding heeft de museumwacht een rood-wit gekleurd lint rondom hen gehangen. Ik lees in het onaffe script van mijn moeder. Hanna is ondertussen gearriveerd. Leunend op haar ellebogen ligt ze naast me, haar gevulde benen dansen in zwarte ballerina's in de lucht. Ze bestudeert de uitnodiging voor de pensionering van mijn mama's oud-lief en kletst honderduit over mijn moeders motief om de waarheid te verdraaien. Voor haar part mocht hij doodvallen, veronderstelt ze, dus liet mijn mama haar leraar en minnaar in haar verbeelding van de trap donderen, als wraak voor alle geleden pijn, als straf voor de vele uren die zij eenzaam smachtend doorbracht terwijl hij en zijn wettige echtgenote liters bier en pakken chips verorberden op de sofa bij de televisie. Ik laat Hanna psychologiseren, sta af en toe op om een vette duif weg te jagen en voorkom daarmee dat die haar waterige zwart-gele uitwerpselen op de ronde heup of overgebleven vleugel van de engel zou achterlaten. Het geeft me een geruststellend gevoel als ik mijn hand leg op de blote voet - maat zesenvijftig - die onder het bronzen engelenkleed uitsteekt.

'Geloof jij in engelen?' vraagt Hanna, ze heeft mijn spiegeltje uit mijn handtas opgediept en doet mijn lipgloss op.

Ik antwoord niet meteen, ik wil mijn nieuwe vriendin niet verliezen door te beweren dat ik altijd heb geweten dat we in wezen engelen zijn die door een speling van het lot in deze wereld zijn terecht-gekomen. 'Mijn moeder vertelde me toen ik klein was over een flamingo,' leg ik uit, 'iedere keer weer wilde ik dat verhaal horen en wanneer ze toegaf aan mijn gezeur, nestelde ik me tegen haar knieën en luisterde opgewonden naar haar levendige stem: Ooit, een paar dagen geleden ...'

Hanna vlijt zich tegen mijn benen aan, ik negeer haar overdreven verwachtingsvolle blik en vertel: 'Ooit, een paar dagen geleden zag een pastoor in Engeland een grote vogel boven zijn kerk vliegen. Hij dacht dat het een flamingo was, liep naar de pastorij om zijn geweer te halen en schoot. 'Ik heb hem, ik heb hem', riep hij en hij rende opgewonden naar het grasveld waar het getroffen dier was neergevallen. Toen pas zag hij dat het een engel was die bloedend op de grond lag. 'Echt gebeurd', verzekerde mijn moeder en iedere keer riep ik: 'Niet waar, niet waar, er leven geen flamingo's in Engeland.'

Hanna kijkt me aan alsof de clou nog moet komen.

'Kom,' zeg ik, 'het is tijd om te gaan.'

Ze springt recht en strijkt haar zwarte tulejurk strak. We laten de gevallenen achter.

Het rode bakstenen gebouw op de Waalse Kaai was vroeger een pakhuis voor de ivoren slagtanden die we van de olifanten uit Belgisch Congo stalen. Dat heb ik ergens gelezen. Toen de Zuider-dokken werden drooggelegd konden de boten hier niet meer komen met hun vracht. Het leegstaande depot werd de Hoge School voor Vrije Expressie. Nu maakt een spandoek met strakke zwarte letters F.D.T. duidelijk dat de vrije expressie plaats heeft gemaakt voor een nieuwe zakelijkheid. Hanna en ik staan voor de geopende smeedijzeren poort van de Faculteit voor Dans en Theater. De geur van hamburgers leidt ons tot aan een binnentuin met kleurige vlaggetjes en een massa volk. Hanna sleurt me mee tot vlak bij het podium waarop een man met een Hollands accent aankondigt dat Lola, een afgestudeerde van drie jaar geleden, een Antwerps volksliedje zal brengen voor de feesteling. 'Zie ik de lichtjes van de Schelde', zingt een blondje met hese stem, ik volg haar blik naar de grofgebouwde man met Bogarthoed voor wie haar 'hart steeds sneller gaat slaan'. Hij zit op een barkruk, kijkt geamuseerd boven zijn oranje brilglazen uit, en bijt in een Big Mac.

Van Zonhoven

zeventien

Sinds mijn zestigste zie ik er eruit alsof ik alle dagen een kater heb, grijze huid, dikke wallen, buldogwangen en een frons boven mijn neus waar je je duim in kunt begraven. Volgens mijn vriendin vallen vrouwen daarvoor, het geeft me iets doorleefds, iets tragisch, zoals een oude hond die willen ze aaien. Misschien is mijn aaibaarheidsfactor gestegen, maar de rokkenjager die door zijn reputatie nog aanlokkelijker werd, hoort al geruime tijd tot het verleden. Niet dat er achter mijn verkreukte verpakking niets meer trilt en beweegt bij het zien van vrouwelijk schoon. Neem nu die twee meisjes met nog een heel leven voor zich, het ene in een tulejurkje waarin haar melkwitte rondingen barsten van levensvreugde, en het andere met een sprankelend gezichtje en een prachtig stel gebronsde benen. Alles aan hen lijkt uit te schreeuwen: neem ons, neem ons, eet ons op. Maar vanaf nu wordt er van me verwacht dat ik me aan een cholesterolarm dieet houd en in afwachting van prostaatkanker of hartstilstand mijmerend op een bankje zit, of met een kudde vetbuiken naar het zuiden trek om mijn huid te laten leerlooien tijdens een spelletje kaarten.

Lex, de kersverse leraar dramaturgie, speelt ter gelegenheid van mijn pensioneringsfeest voor barkeeper en hij lijkt mijn stemming aan te voelen. 'Nog een Duvel, meneer Van Zonhoven?' Zonder mijn antwoord af te wachten schenkt hij nog een duvelglas vol.

De blote benen van de twee schoonheden bungelen langs het tuinmuurtje en vangen de zon op. Vanille zit tersluiks in mijn richting te gebaren en het gezichtje van Champagne gaat schuil achter een papieren zakdoek. Het is duidelijk dat ik het lijdend voorwerp ben van hun gekonkel. Als ik boven mijn zonnebril loer, vangt Vanille mijn blik op en kijkt terug met een verontwaardigd

'Wat moet je van me ouwe'. Ik geloof niet dat ik deze meisjes ooit in mijn lessen heb gezien.

'Kijken mag, Michiel. Aanraken niet!' Fat Boy ploft op de barkruk naast me, de vertrouwde geur van zweet en sigaretten. Hij gebaart aan Lex om zijn cola-light bij te vullen en draait zich dan weer in mijn richting: 'Is Annelies er niet bij?'

'Neen,' grom ik, 'ze heeft een productie in Berlijn. Ze wilde overkomen, maar ik heb het haar afgeraden. Niets zo saai als ouwe mannen onder elkaar.'

Frans Vermalen, een yuppie in veel te ruim pak, heeft twee jaar geleden de directeurstaak van Fat Boy afgesnoept. Zijn belangrijkste opdracht was de zaak economisch weer rendabel maken. En daar lijkt hij in te slagen. Theater en dans zijn een commercieel product geworden, materiële winst is het enige doel, en de studenten hebben de daarbij horende belangrijkste competentie ontwikkeld: hebzucht.

Onze nieuwe manager stapt het podium op, vraagt op efficiënte wijze de aandacht van de aanwezigen en kijkt glimlachend in mijn richting. Ik zet mijn gezicht op neutraal en Vermalen neemt het woord.

'Michiel van Zonhoven, als non-conformist geboren, heeft altijd de durf gehad om te provoceren en risico's te nemen. Lastig, charismatisch én ambitieus. Als kind droomde hij er al van de president van de wereld te worden ...' Vermalen last een korte pauze in, waarin hij haast spottend naar me kijkt. 'Misschien ligt er in de politiek een tweede carrière voor hem klaar, slechter dan onze staatsmannen kan hij het er niet vanaf brengen.' De toehoorders lachen om de domme grap en Vermalen raakt nu helemaal op dreef. 'In zijn jeugd woonde Michieleke op de Seefhoek en hij was erg geliefd in de buurt. Klein van stuk, ad rem, een mascotte van de zwakkeren en verdrukten, en - hoe raad je het - geadoreerd door de vrouwen ...' Zijn toon is vriendelijk neerbuigend, alsof hij een kind berispt dat hij graag ziet. 'Van Zonhoven heeft zijn jeugdige rebellie en charme altijd weten te bewaren. Het is dan ook met spijt dat we hem laten gaan. Maar omdat hij niet houdt van dat slijmerige gedoe en ik er zeker geen grafrede van mocht maken geef ik graag het woord aan de meester zelf. Michiel van Zonhoven!'

De aanwezige mededocenten, studenten en ex-studenten applaudisseren wanneer ik op het podium stap. Even heb ik spijt dat Annelies er niet is, zodat ik haar geruststellende en bemoedigde blik zou kunnen opvangen, haar ogen die zeggen dat het allemaal goed komt. Hoewel zij vijftien jaar jonger is dan ik, is ze als een moeder voor me, in haar schoot leg ik me graag te ruste. Mijn zoon is er ook niet, hij neemt het me nog altijd kwalijk dat ik zijn moeder in de steek heb gelaten. Ik kijk naar de aanwezigen, haal diep adem en start mijn toespraak.

'Vandaag wil ik jullie mijn grote liefde onthullen.' Meteen is het stil, een honderdtal paar ogen kijken verwachtingsvol in mijn richting. 'Haar naam begint met mijn voorkeurletter uit het alfabet. Zie die letter voor je. Lang, slank, reikend tot hoog in de lucht, waar je gedwongen wordt om stil te staan.' Mijn publiek volgt mijn handgebaren, mijn armen waarmee ik het lange been van de letter T in de lucht schrijf. En daarna de horizontale lijn. 'Hier is de grens. Of is het een splitsing? Een plaats waar twee wegen samenkomen? Daagt mijn geliefde letter je uit om te kiezen, links of rechts? Neen, lacht ze, ik laat de tegendelen botsen, en verbind het onverzoenbare. Hoor haar klank, voel hoe je tong tegen je bovenste tandvlees duwt, zich dan terugtrekt zodat ze zich ploffend kan bevrijden, niet dof zoals een D maar teder-tochtig-tragisch. De naam van mijn grote liefde begint met een T. De T van Theater.'

Na een korte stilte ga ik voort. 'Theater brengt ter sprake wat onzegbaar is, toont me wat ontsnapt aan mijn beperkte brein. Al sinds mijn jonge jaren ...' Ik weet niet wat me overkomt, maar ik raak opeens geëmotioneerd en kan het trillen van mijn stem nauwelijks onder controle houden. 'Al sinds mijn jonge jaren bemin ik het, hartstochtelijk en onvolmaakt ...' Met moeite kan ik mijn tranen bedwingen. Ik bal mijn vuisten. 'Met de weerbaarheid van een amazone, de wreedheid van een nachtmerrie, de weerloosheid van een eeuweling, brengt mijn geliefde tot uitdrukking wat ondenkbaar is ...' Dan herpak ik me en mijn stem klinkt weer in zijn volheid door de micro. 'Zij spreekt waar anderen zwijgen, schopt tegen heilige huisjes, klaagt onrechtvaardigheden aan. Woedend roept zij de goden op, zij pikt niet langer dat ze zwijgen. Uit schimmelkelders bevrijdt ze de demonen, luistert naar hun noden en smeedt hen om tot rauwe poëtische kracht. Maar mijn geliefde is in groot gevaar. Ze is gegijzeld door één verhaal, kan en mag alleen nog die ene tragedie vertolken. Men zegt dat er geen grote verhalen meer bestaan, maar mijn lief werd gehersenspoeld door het enige overgebleven verhaal, het verhaal dat ons allen onbewust in de greep heeft. Economie bepaalt de sector. Mijn lief moet op de eerste plaats geld opbrengen.' Terloops kijk ik in de richting van Vermalen. Hij fluistert wat in het oor van Lex die achter de bar vandaan is gekomen. 'Het wordt tijd dat hij met pensioen gaat, hoor ik u denken. Van Zonhoven kan niet meer mee met zijn tijd. Zonder dat we het beseffen denken we allemaal in termen van 'winst' en wat iets in het laatje brengt 'voor mij'. Onder het mom van de crisis wordt mijn geliefde vleugellam gemaakt. Ik wil niet leven in een wereld zonder theater dat er écht toe doet, ik wil me laten raken door aardse grootsheid, me laten verblinden door hemelse pracht. Ontneem mijn engel niet haar zwavelgele borstpantser en haar vlammend zwaard, ontneem haar niet haar demonische macht.'

Het applaus barst los en een horde mensen dringt zich rondom me op het podium om me te feliciteren en afscheid te nemen. Vermalen geeft me een schouderklop.

'Goed gedaan', zegt hij, en met een knipoog voegt hij toe: 'Een mens wordt sentimenteler met de jaren.'

Ik snak naar een Duvel en zie vanuit mijn ooghoek dat Lex een glas voor me uitschenkt.

achttien

Het geluid van een stromende spoelbak maakt me wakker. Annelies trekt het toilet door op de badkamer. Wacht eens even, Annelies zit in Berlijn! Met een ruk ga ik rechtop in bed zitten, pijnscheuten vlammen door mijn achterhoofd en breken mijn schedel open. Kreun. Niet alleen mijn hoofd maar ook de traptreden kraken. Een inbreker? Of is Annelies onverwacht vroeger thuisgekomen? Ik trek een joggingbroek aan over mijn nakie, en spoed me naar beneden.

De deur van de keuken staat open en dat meisje van gisterenavond steekt een capsule in het koffieapparaat. Groene amandelogen lachen me verlegen toe: 'Hou jij ook van café choco?' Ze klinkt verkouden, haar bovenlip is roodgezwollen en er hangt een druppel aan haar neus die ze wegveegt met de mouw van haar T-shirt, mijn T-shirt. Ze draagt het als een wijde jurk tot vlak boven haar blote knieën. IMAGINE staat er wit geblokletterd op het zwarte shirt.

Kreun. Dit meisje is vast nog geen achttien. Wat doet ze in mijn keuken? Mijn bezopen brein wil niet in de juiste plooien gaan liggen. Flarden beelden van vannacht schieten ongestructureerd mijn hersenpan binnen. Ik heb dringend maagzout nodig. Wanneer ik in de keukenkast rommel, raakt mijn blote voet per ongeluk de blote voet van het meisje en dat bezorgt me kippenvel. Ik schud een zakje maagzout in een glas, trek mijn buik in en ben me pijnlijk bewust van mijn oude lijf, het grijze dons rond mijn tepels. Het meisje kijkt naar de paarse littekens op mijn armen, een souvenir van een dubbele open botbreuk. Ooit ben ik lelijk van een trap gevallen.

Ik schrik van het gerinkel van een gsm, mijn gsm. Waar ligt dat ding? In de eethoek, op de tafel, naast de Bogarthoed en de fles champagne die ik van Fat Boy heb gekregen. Mijn bril is spoorloos, en zonder bril kan ik het nummer niet lezen.

'Met Van Zonhoven.'

'Guten Morgen, Schatz', Annelies klinkt erg wakker en vraagt hoe het gegaan is gisterenavond.

'Ach,' antwoord ik, terwijl ik doorloop tot het raam aan de straatkant, 'Vermalen heeft me een migraineaanval bezorgd.'

Gestommel vanuit de keukenhoek. IMAGINE komt mijn richting uit met de maagzoutoplossing en het lepeltje rinkelt in het glas. Even is het stil aan de andere kant van de lijn: 'Is er iemand bij je?'

'Ach neen,' zeg ik ,'gewoon een meisje.' In een fractie van een seconde gaan mijn hersenen terug in de plooi liggen. 'Ik bel je straks terug, oké?' Zonder Annelies' reactie af te wachten schakel ik uit.

Het meisje is op de chaise longue gaan zitten. Ze heet Eva, schiet me te binnen. En ze heeft een koppig karakter.

Het gebeurt wel vaker dat er iemand van de studenten bij me aanbelt - dat heb je nu eenmaal als je vlakbij de School woont - maar nog nooit eerder had er midden in de nacht iemand op mijn stoep gestaan. Misschien was ze me gevolgd, want ik was nog maar net thuis toen de deurbel ging. Haar haar was in de war en het leek of ze gehuild had. 'Ik heb uw hulp nodig', zei ze. Het eerste wat ik dacht was dat er iets gebeurd was, een aanranding of zo. Dus liet ik haar meteen binnen en wees haar de chaise longue. Ze aarzelde even voordat ze het dekentje dat op de zetel lag rond haar rillende schouders sloeg.

'Zal ik thee voor je zetten?' vroeg ik, niet goed wetend hoe ik dit moest aanpakken.

'Dat is heel erg vriendelijk', zei ze zachtjes.

Terwijl ik kraantjeswater over mijn gezicht gooide, bedacht ik dat ik dit beter aan een expert kon overlaten. Het meisje snoot haar neus. Huilde ze? Snel zette ik de ketel op het vuur. Ik mocht haar niet te lang alleen laten.

'Wil je me vertellen wat er gebeurd is?' vroeg ik zo uitnodigend mogelijk en schoof de rieten stoel dichterbij.

'Weet niet, wil … moet vertellen, een triest verhaal, onsamenhangend … er ontbreken stukken. Ziet u, mijn moeder …' Ze klonk erg verward. Toen leek ze zich plots te herpakken: 'Wist u dat er jaarlijks honderden mensen stikken in een pinda, dat heb ik ergens gelezen. Mijn moeder zal me pas met rust laten als ik een auteur vind die …' Resoluut nam ze een bundel papieren uit haar tas. 'Wilt u dit verhaal verder afmaken? Ik weet echt niemand anders aan wie ik het kan vragen.'

Ai. Een of ander gek meisje was mijn huis binnengedrongen en wilde me haar chicklit laten lezen. Hoe vaak had ik niet meegemaakt dat mijn studentes me wilden opzadelen met een reeks slecht geschreven calamiteiten van een kleurloos personage, dat een flauw aftreksel was van hun eigen nietszeggende zelf. Meestal voel ik zoiets op mijn sloffen aankomen, zodat ik hen keurig kan afwimpelen, voor ik op hun jeugdige zieltje trap. Dit keer had ik het domweg niet voorzien. Omdat haar breekbare schoonheid mijn reddersinstinct wakker had gemaakt? Omdat ik onhelder was door de Duvels? Of omdat ik niet zo'n neo-liberaal wilde zijn als Vermalen!

'Neem me niet kwalijk, het is half drie 's nachts.' Ik deed mijn uiterste best niet al te humeurig te klinken. 'Misschien kun je me morgen mailen?' Ik stond op om haar buiten te laten, maar ze was niet van plan om weg te gaan.

'U moet het lezen,' hield ze vol, 'omdat het u aanbelangt, u bent één van de personages uit het verhaal. Mijn moeder …'

De schelle fluittoon van de waterketel onderbrak haar betoog en drong pijnlijk mijn hersenpan binnen. Kreun. Schele hoofdpijn.

Flikkeringen. Het meisje volgde me naar het keukengedeelte.

'Heel de avond heb ik geprobeerd om u te spreken, maar u was telkens met iemand in gesprek. Mijn vriendin Hanna gaf het op en ging naar huis, en ik heb mijn laatste tram gemist.' Ze bleef maar doorgaan. 'Tot u het gelezen hebt, blijf ik hier', zei ze beslist.

Plots voelde ik me erg loom en bedrukt. 'Je doet maar wat je niet laten kunt. Ik ga naar bed.' Net bijtijds bereikte ik het toilet en gaf over.

En nu, *the day after*, drink ik mijn maagzoutoplossing. Eva zit gehuld in mijn T-shirt op mijn chaise longue. Het manuscript ligt op haar schoot en ze kijkt me met tranerige elfenogen aan.

Ik zucht. 'Ik beloof niets, maar vertel me eens waar het over gaat.'

Haar gezicht licht op, ze slaat de bundel papieren open.

'Weet u ... ', ze aarzelt, en in plaats van een synopsis te geven vraagt ze: 'Weet u wat er werkelijk toe doet? U bent zoveel ouder, wat denk u dat het allerbelangrijkste is in het leven?'

'In het leven?' Haar vraag overvalt me, maar ik zie dat ze het doodernstig meent en zich niet zal laten afschepen voor ik een bevredigend antwoord heb gegeven.

'Wat er werkelijk toe doet? Je ding in de wereld zetten? Succes hebben?'

Ze kijkt me aan of ze op het échte antwoord wacht. Ik denk aan het applaus gisterenavond en hoe koud het me liet. Heel mijn leven heb ik naar succes en waardering gestreefd, maar het applaus was nooit lang en luid genoeg om de onrust uit mijn lijf te halen. Hoewel de jacht op vrouwen en hitsige nachten een tijd soelaas brachten, bleef ik uiteindelijk met een kater achter. Wat is er écht van belang? Het meisje kijkt me vragend aan. Deze elf brengt me van streek, ze beroert de oppervlakkigheid van mijn bestaan en voert me mee naar onbekende oorden.

Het geluid van mijn gsm doorbreekt de stilte. 'Mijn vriendin', zeg ik. 'Zij is momenteel de belangrijkste uitdaging waar ik voor sta.' Ik draai mijn rug naar het meisje toe en neem de telefoon aan.

Poeslief vraagt Annelies wie er eigenlijk bij me is. Ik trek me terug op het toilet en wik en weeg mijn woorden.

negentien

Onmogelijk om hier in deze godverdomde straat een parkeerplaats te vinden! Dus sla ik de parking van de Delhaize op, neem een ticket, rij de slagbomen door en parkeer me naast een rij winkelkarretjes. Vandaag werkt Eva hier tot zeven uur. Ik ben te vroeg. Daar, aan de overkant van de straat, woont ze. Door mijn autoruit kan ik het smakeloze gebouw zien, de grijze bakstenen en de aluminium ramen. Het zal ongeveer twintig jaar geleden zijn geweest dat ik, omdat het huis aan de kade werd gesloopt, Katrien hielp verhuizen naar deze troosteloze buurt. Nadien heb ik haar niet meer gezien. Nu is ze dood. Terwijl ik niet eens wist dat ze een dochter had.

Op de foto - die ik teruggevonden heb in een oude schoendoos en nu opnieuw bewonder - schittert Katrien als Cleopatra op het jaarlijkse verklede bal van de School. Ze heeft fijne vlechtjes in het haar, versierd met honderden goudkleurige pareltjes. En haar lange jurk laat één van haar prachtige, gebronsde schouders bloot.

Ik heb je graag gezien, Katrien. In de bergruimte onder het podium waarop Fat Boy zijn toespraak hield, fluisterde ik in je koninklijke oor: 'Hoe lang ken ik je al, tien jaar, honderd jaar, eeuwen?' en overbrugde zo ons leeftijdsverschil. Boven ons hield Fat Boy zijn donderpreek, het hout kreunde onder zijn gewicht. Jij, Cleopatra, werd een tijgerdier. Je met kohl geverfde kattenogen lichtten op in het donker. Huid en haar verslonden elkaar. Het klauwen en brullen vanuit de onderaardse krochten brachten Fat Boy van zijn apropos. Ik was veertig en getrouwd. Jij twintig en mijn student. Ik had beter moeten weten. Slaaf van mijn begeerte, overgeleverd aan mijn Koningin. Jij leidde me, verleidde me, hield me vast, tot ik, doordringend tot je diepste rijk, stotend en stotend, duizend stukjes uit elkaar spattende oermaterie werd - Big Bang - de wereld herschiep, en terugkeerde naar de Absolute Leegte van het Begin. Hoe lang heb ik je gekend Katrien, één nacht, tien jaar, eeuwig? Een vluggertje zonder dat iemand me miste. Al had ik beter moeten weten, ik heb je graag gezien, Katrien.

Naast me op de autozetel, bovenop het lijvige manuscript van Dodenstad, ligt een cadeautje dat ik voor Eva heb meegebracht: een exemplaar van *Zes personages op zoek naar een auteur*, zonder bloedvlekken. Ontroerend hoe bezorgd het meisje was over mijn fictieve dood. Voorzichtig probeerde ze me duidelijk te maken dat het niet goed afloopt met het personage dat in het script van haar moeder mijn naam draagt. Ik blader nog een keer door het pak papieren. Waar gaat het eigenlijk over? Over de vergankelijkheid van relaties, de vergankelijkheid van het leven? Het is duidelijk dat Katrien met een pijnlijk stukje verleden probeerde af te rekenen. Ook ik herinner me die rampzalige zomer alsof het gisteren was.

Genoeg gepeinsd. Ondertussen is het drie voor zeven, tijd om Eva te verrassen aan de kassa en mijn uitrijticket voor de parking te laten valideren.

'Het is geen sterrenrestaurant,' leg ik uit terwijl we Ristorante Trinacria binnenstappen, 'maar de Siciliaanse keuken is hier voortreffelijk.' Ik kies een tafeltje achterin, onder een schilderij van Perseus die Adromeda redt van een zeemonster. Eva ziet er verrukkelijk uit en ze ruikt naar snoepjes met kersensmaak. De ober, een bronstige adonis met kikvorsogen, kijkt het meisje aan alsof ze een delicatesse is. Na het opnemen van onze bestelling begeleidt hij haar met een brede glimlach tot bij het buffet waar we zelf onze antipasta mogen uitkiezen. 'Prego, signorina.'

De fijnste gerechten staan uitgestald in kleurige keramiekpotten: oranjegele courgettebloemen gevuld met romige ricotta, zachte zalm druipend van de beste olijfolie, smeuïge aubergine in een knapperig korstje. Ik stapel mijn bord boordevol overheerlijke hapjes en neem weer plaats bij Andromeda. Eva heeft voor een schoteltje koude pasta gekozen en de breedsmoelkikker brengt het persoonlijk voor haar naar onze tafel. Straks wil hij van haar bordje eten en in haar bedje slapen! Adamo heet de adonis en als hij de vino bianco - een voortreffelijke Nero d' Avolo - uitschenkt, vraagt Eva met een kindvrouwtjesstemmetje of er ook chocolade-melk is. Met een vette knipoog maakt Adamo duidelijk dat hij ervoor zal zorgen. Ik neem een veel te grote hap van de octopus. De poliep is zo rubberachtig dat ik hem niet kan doorslikken.

'Alles naar wens, mijnheer?'

Ik breng duim en vingers van mijn rechterhand samen en gebaar met mijn arm in de lucht bewegend: voortreffelijk. Ik wacht tot het reptiel zijn rug heeft gedraaid en spuug het vieze goedje uit in mijn servet.

Tijdens het hoofdgerecht, een heerlijke risotto met zwaardvis en kappertjes, maak ik Eva duidelijk waarom ik meer dan honderdvijftig bladzijden uit Dodenstad heb geschrapt. 'Te veel oninteressante of ongeloofwaardige uitweidingen. Er mag meer actie en vaart in het verhaal komen. De hoofdstukken met twee personen pratend aan een tafel zijn behoorlijk slaapverwekkend en de amplificaties over engelen volstrekt overbodig. Ieder weldenkend mens weet dat ons leven wordt bepaald door onze genen en niet door wezens van Licht.'

Eva schraapt de tomaat mozzarella van haar pizza. 'U gaat er vanuit dat ons DNA ons lot bepaalt,' zegt ze en haar liefelijke gezichtje is heel ernstig, 'maar ik heb ergens gelezen dat het volstrekt achterhaald is dat onze genen een onveranderlijke en onuitwisbare invloed op ons uitoefenen. Het is erg twintigste eeuws niet ruimer te kijken dan dat.'

Dit intelligente vrouwtje is duidelijk van plan het manuscript van haar moeder met hand en tand te verdedigen. 'Totaal naast de kwestie', weerleg ik nadat ik een hap tongstrelend visvlees heb doorgeslikt. 'Het gaat er niet om dat onze leefgewoonten en gedachten eventueel invloed zouden kunnen hebben op onze biologie, maar om het naïeve geloof in een andere dan onze zichtbare of met onze rede vatbare realiteit. Voor mij mag het bij de dood gedaan zijn. Gelukkig is de tijd voorbij dat mensen levend geroosterd werden omdat ze dat durfden uit te spreken.'

'Dat laatste is waar', reageert Eva, 'maar tegenwoordig worden mensen op de rooster gelegd omdat ze zich niet willen aansluiten bij het geloof dat de énige bestaande werkelijkheid de door de wetenschap onthulde realiteit is.'

'Je kunt objectieve waarheden niet ontkennen!'

'Neen, natuurlijk niet, maar nu wordt er simpelweg aangenomen dat er geen andere waarheid bestaat dan die welke de wetenschap openbaart. Het is erg kortzichtig te veronderstellen dat alles wat niet gemeten of bewezen kan worden ook niet bestaat.'

Ik neem een flinke teug van de Nero d' Avolo. 'Komaan Eva! Dat een kind gelooft in God en troost zoekt bij engelen kan ik me nog voorstellen, maar een gezonde en intelligente volwassene kan werkelijkheid en illusie uit elkaar houden. This is all there is. Laten we het erbij houden dat je moeder een levendige fantasie had.'

Eva's gezicht wordt een donderwolk. 'Misschien hebt u gelijk en was mama lichtgelovig, net als ik. Door uw toespraak op uw pensioneringsfeest dacht ik dat u de juiste persoon was om haar verhaal af te maken. Ik vrees dat ik me zoals mijn moeder door uw mooie woorden om de tuin heb laten leiden.' Zonder enige overgang vervolgt ze: 'Wist u dat iemand met een verder volstrekt gezond hart kan doodvallen omdat het breekt van liefdesverdriet? *Tacotsubo*, heet dat in het Oosten. Sterven aan een gebroken hart. Vrouwen zijn er vatbaarder voor.' Plots begint ze hartstochtelijk te huilen. Haar lichaam schokt van de heftigheid ervan. Achter Eva staat Andromeda enkel met wat sieraden aan, vastgeketend aan een rots.

Adamo komt verschrikt toegesneld. 'Kan ik helpen, signorina?'

Hoe komt het dat ik me opeens een zeemonster voel?

Eva heeft haar pizza nauwelijks aangeraakt en ze zegt geen woord meer sinds ze terug is van het toilet. Haar ogen zijn rood van het huilen. Adamo ruimt de borden af: 'Volete un dessert? Un caffè? O un digestivo?' Hoewel de breedsmoelkikker vlot Nederlands spreekt, pakt hij graag uit met zijn Siciliaanse origine. Eva kijkt strak naar het witte tafellaken. Ik bestel twee caffè latte.

'Het is een kwestie van een sterk slot schrijven', probeer ik het meisje te sussen, maar pas als ik Zes personages op zoek naar een auteur tevoorschijn haal, krijg ik weer haar aandacht. Ze keurt het kaft, bladert het dunne boekje open en vindt de foto die ik erin hebt gestopt.

'Dat is mama!'

'In de rol van Cleopatra. Je lijkt sprekend op haar.'

Eva bestudeert de foto en kijkt alleen even op als de adonis de *caffè latte* met een schaaltje amandelkoekjes brengt.

'Je moeder was best verlegen, een beetje teruggetrokken zelfs, maar dat veranderde volkomen als ze in de huid van een ander kroop.'

'Wie is dat meisje op de achtergrond, met dat witte kapje en dat rode jak?'

'Columbina, het kamermeisje uit de Commedia dell'Arte.'

Eva doopt een koekje in haar koffie. 'Ik bedoel wie ze écht is.'

'Krist'l Engelen, natuurlijk.'

Het meisje schrikt en verslikt zich in een stukje koek, ze hoest en piept en slaat rood uit. Ik spring van mijn stoel, duw haar voorover en geef enkele ferme klappen tussen haar schouderbladen, waardoor het stukje amandelkoek terug in het juiste keelgat schiet. Nu ademt ze weer, een ademen dat overgaat in schreien waardoor de restaurantgasten ons aangapen alsof we van de vierde wereld zijn. Voor de tweede keer deze avond haast Eva zich volledig overstuur naar het toilet met Adamo achter zich aan.

twintig

Uitgeput van het huilen, slaapt Eva op de chaise longue. Onvoorstelbaar dat haar moeder haar in de waan liet dat Krist'l Engelen niet echt bestond. Katrien verbande haar vroegere hartsvriendin naar de wereld van de fictie! Morgen bel ik de Delhaize om het meisje ziek te melden. Annelies, die op mijn voicemail vraagt of ik terug wil bellen, zal wel begrijpen dat het onverantwoord is haar alleen te laten. Eva heeft geen familie! Haar grootvader stierf toen ze dertien was, het jaar dat ze voortdurend met haar moeder ruzie maakte omdat ze jongens interessanter vond dan wiskunde en zelfs interessanter dan geschiedenis en taal. Trouwens wanneer Eva hier logeert is het eenvoudiger om - zoals ik heb beloofd - samen aan het manuscript te werken.

Annelies is niet in haar gewone doen. De repetities verlopen stroef en ze heeft last van haar maag. Ze klinkt een beetje pissig, zoals het weer in Berlijn. 'Je belt erg laat,' zegt ze, 'je weet dat ík morgen wél moet werken.' Voorlopig kan ik beter zwijgen over de schone slaapster in ons huis, en over de kartonnen dozen die op de keukentafel en het aanrechtblad staan.

Slapen kan ik nog niet, dus rommel ik voort in de dozen die we op mijn aandringen bij Eva thuis opgehaald hebben, de uit te sorteren dozen waarin Katrien haar aantekeningen, documentatie en oude versies van haar schrijfwerk heeft bewaard. 'Het appartement is een chaos', waarschuwde Eva me. We moesten ons een weg door het leeggoed banen, voornamelijk martiniflessen. Het meisje verontschuldigde zich, haar moeder dacht ze ooit nog te gebruiken.

In een van de dozen op de keukentafel vind ik een kladblok met volgens het alfabet gerangschikte woorden. Sommige blaadjes zijn losgekomen. Onder de letter *B* staat *BARM-HART-IGHEID*, onder de *G GENADE* en onder de *V VOL-LEDIG*. Bij enkele woorden staat ook een toelichting. Bij *EEUWIGHEID* lees ik: het hiernamaals. Kan ook eindeloze verveling betekenen. Maar toch, misschien is eeuwigheid een eenheidservaring, een toestand van tijdloze tegenwoordigheid, en gaat het ons verstand te boven.

Zou Katrien op het einde van haar leven een new-age halvegare geworden zijn, een auralezende gekkin die met dolfijnen zwemt en channelt met engelen?

Gestommel in de zitkamer, Eva is wakker geworden en even later kijkt ze mee over mijn schouder. 'Dat is mama's handschrift niet', constateert ze. En inderdaad, op de eerste pagina staat onder Kladblok met Verbannen Woorden in een krullerig handschrift de naam van de auteur: Krist'l Engelen. Eva is erg enthousiast over het notitieboek. Hoe verder het vordert hoe meer de alfabetische volgorde wordt verlaten met kriskras door elkaar geschreven woorden of één zich steeds herhalende woord.

... alheelalheelalheelalheelalheelalheelalheelalheelalheelal-heelalheelalheelalheelalheelalheelalheelalheelalheelal-heelalheelalheelalh ...

'Misschien kan Krist'l ons helpen met het slotgedeelte van Dodenstad', stelt ze enthousiast voor. 'Tenslotte weet zij het beste wat er precies gebeurde na haar terugkeer uit Sicilië.'

Kreun! Met een klap ben ik terug in de werkelijkheid. Het meisje weet werkelijk nergens van!

'Ga zitten Eva, het wordt tijd dat we praten.' Pijnlijke herinneringen spoelen mijn hersenpan binnen. 'Je weet dat burgemeester Engelen zijn dochter terugbracht uit Sicilië? Die nacht belde Katrien naar ons huis, mijn vrouw nam op en hoorde haar hysterisch snikken. Een tafereel dat zich al vaker had afgespeeld. Maar dit keer gooide mijn vrouw niet scheldend en tierend de telefoon op de haak, waardoor ik wist dat er iets niet klopte.' Het meisje zit nu op de keukenstoel naast me en kijkt me niet aan. Aarzelend ga ik verder: 'Een buurman vond het doorweekte, levenloze lichaam van Krist'l bij de kade, op de hoek van Katriens straat.'

'Is ze dood! Vermoord?'

'Hartfalen. Maar de pers insinueerde dat de dochter van de burgemeester door drugs om het leven was gekomen, hartfalen door overdosis.'

Eva frunnikt aan één van de dozen. 'En wat denk jij?'

'Er bestaat geen dood waarvan de oorzaak gekend is.'

'Toch wel! Een pindanoot doodde mijn moeder.'

'Ik bedoel de oorzaak voor de dood op zich. Iedere mens sterft en we weten niet hoe dat komt.'

'Had ze ruziegemaakt met mama?'

'Je moeder heeft Krist'l niet meer levend gezien. Toen de burgemeester haar voor de deur had afgezet is Krist'l niet naar binnen gegaan. Ben was die nacht bij je moeder. Misschien heeft Krist'l zijn fiets tegen de gevel zien staan en heeft ze op het laatst beslist om de auto van haar vader achterna te lopen. Dat was in ieder geval wat Katrien geloofde.'

In een opwelling strijk ik met mijn hand door Eva's haar, maar ze weert me af en krijst: 'Ik wil niet zoveel doden!'

Zwijgend buigen we ons over de dozen. We zoeken iets, maar weten niet wat. Zoeken is beter dan zitten of praten.

Alles veranderde na de dood van Krist'l. Ben vertrok halsoverkop naar Polen voor een Actors Training in Jerzy Grotowski's Theaterlaboratorium. Zijn rosse kater liet hij bij Katrien achter. In het begin van het nieuwe academiejaar praatte iedereen over Krist'l en het grote talent dat verloren was gegaan. 'Zelfs dood weet ze de aandacht naar zich toe te trekken', vertrouwde Katrien me toe.

Ze stopte met haar laatste opleidingsjaar voor het goed en wel begonnen was. Ik ging nog een paar keer bij haar langs in het huis bij de kade, maar ze was een schim van zichzelf geworden.

Eva streelt één van de kaften met het handschrift van haar moeder. Ik sla een dik schrift open met een verschoten linnen kaft. Er valt een verkreukelde prent uit met een wenende madonna. Het reisdagboek van Krist'l Engelen! Ik herinner me hoe Katrien het linnen schrift die tragische nacht in haar armen gekneld hield, alsof ze daarmee haar vriendin bij zich zou kunnen houden. Ik blader door het dagboek en wat ik lees komt me vreemd vertrouwd voor.

Terwijl Carmela in het bed naast me ligt te snurken, besef ik dat ik veel kans maak om jong te sterven zoals Antigone, maar dat mijn banale leven vergeten zal worden zoals dat van Ismene. De herinnering aan mij zal niet voortleven in de grote verhalen, niemand zal mijn geschiedenis uit het hoofd hoeven te leren of mijn naam moeten weten voor de kruiswoord-raadsels. Dus neem ik me voor niet ouder dan dertig te worden en voor die tijd nog een boek te schrijven. Ik weet alleen niet waarover.

Dit las ik eerder in Dodenstad! Katrien heeft het dagboek van haar vriendin gebruikt voor haar eigen manuscript. Ze heeft de teksten van haar dode vriendin letterlijk overgeschreven.

Even later Eva haalt nog een verrassing uit een doos waar ooit rijglaarzen in zaten. 'Een brief van de burgemeester!' roept ze. Ze reikt me een omslag aan met Karel Engelen als afzender en ook nog een pakketje bankafschriften met een maandelijkse schenking van burgemeester Engelen.

'Ik wist dat het tijd was om in te actie treden', zegt Eva nadat ik de brief heb voorgelezen. 'Kom,' besluit ze, 'we moeten de flessen van mama ophalen.'

De burgemeester

De geur van vers gemaaid gras stroomt door het open raam naar binnen.

Korokan. Het woord betekent 'een plaats voor rust' en 'onderkomen voor reizigers' en alleen al daarom is dit Japanse ceremoniehuis, met uitzicht op de vijver en de tuin rondom, de meest geschikte plaats om mijn gasten te ontvangen. Het beste van Japan ligt in Limburg!

Mijn oren zijn versleten. Vorige vrijdagmiddag had Jenny - met wie ik op mijn negenenzeventigste ben gaan samenwonen - net de soep uitgeschept, toen de telefoon ging. Twee keer moest ik vragen of de dame aan de andere kant haar naam nog even wou herhalen.

'Wie zegt u? Er zit storing op de lijn.'

'Eva Dubois! Mijnheer de burgemeester, ik moet u dringend spreken.'

Het was lang geleden dat iemand mij nog burgemeester had genoemd. Geen hond herkent op mijn wandeling in de schuifelende bejaarde nog de imposante wervelwind van weleer. Gebogen ben ik, maar niet gebroken, en de jaren hebben me geleerd dat ik met te grote stappen niet ver kom.

De jongedame aan de telefoon was de dochter van Katrien Dubois, kleindochter van Lodewijk Dubois, de baron die erin slaagde in één jaar tijd zijn hele vermogen te vergokken, waarna hij - God hebbe zijn ziel - zich een kogel door het hoofd joeg.

Met Katriens vader, Pol Dubois, de zoon van de baron, heb ik als jonge kerel vaak in de clinch gelegen omdat onze politieke en morele standpunten - zacht uitgedrukt - niet accordeerden. Hoewel Pol Dubois, net als zijn vader, in zijn viriele jaren half Limburg bezwangerde, kon hij het niet verkroppen dat zijn dochter ongehuwd moeder werd! Ik oefen mij in mededogen. Ook mijn levenspad is niet zonder omwegen en barricades geweest. 'Zelfs de engelen hierboven maken fouten', zegt Jenny altijd.

'Kra Kra.' Hoog in de hete augustuslucht geven kraaien hun levendige commentaar.

Dat frêle meisje bij de steenlantaarn moet Eva Dubois zijn. Ik steek mijn hand op. Zij niest.
'Gezondheid!' roep ik haar toe, en gebaar dat ze via het bruggetje bij het ceremoniehuis kan komen.
'Hatsjie.'

'Hooikoorts', verontschuldigt ze zich als ze binnenkomt.
'Kom hier links naast me op het kussen zitten, kind, bij mijn goede oor. En vertel. Ben je toch alleen gekomen?'
'Mijnheer van Zonhoven is aan de parkwachter gaan vragen of hij met de wagen op het terrein mag, zodat we de dozen kunnen uitladen.'
'Laat me je ondertussen eens goed bekijken. Je hebt de ogen van een Dubois.'
Ze wordt wat verlegen door mijn opmerking, rommelt in haar handtas en geeft me de brief die ik jaren geleden aan haar moeder heb geschreven.
'Mijn ogen zijn versleten.'
'Zal ik hem voor u voorlezen?' Ze snuit haar neus en leest:

Dreikerke, 14 augustus 1995

Geachte mejuffrouw Katrien Dubois,

We zien u niet vaak meer in Dreikerke. Via mijn schoondochter heb ik vernomen dat u ondertussen moeder bent geworden. Van harte gefeliciteerd! Weet dat u steeds met uw dochtertje bij ons welkom bent. We kunnen misschien een keertje samen naar het kerkhof gaan, naar het graf met de grote Engelbewaarder die grootva Lowie voor Kristel maakte. Het is nu al tien jaar geleden dat mijn dochter gestorven is en ik heb een bijzondere vraag aan u. Ik ben op zoek naar een auteur die het Boek met Verbannen Woorden wil afwerken waar Kristel in Sicilië aan begonnen was. Omdat jullie als kind al vriendinnen waren en later op de School voor Expressie lief en leed met elkaar deelden, weet ik dat dit project bij u in goede handen zal zijn. Uiteraard wil ik u ruimschoots vergoeden voor uw inspanningen. Nu u moeder bent geworden zult u het geld goed kunnen gebruiken. Indien u op mijn voorstel ingaat, zal ik u zo snel mogelijk Kristels kladblok met aantekeningen bezorgen.

Dank bij voorbaat en genegen groeten,

Karel Engelen

'Je leest erg goed voor, kind. En na al die jaren kom je deze oude man bezoeken? Dat is heel erg vriendelijk.'

Ze rommelt opnieuw in haar handtas.

'Dit is ook voor u,' zegt ze, 'het reisdagboek van uw dochter.'

Teder blader ik door de bladzijden met het handschrift van Kristel. Het maakt niet uit dat ik het niet kan lezen. Ik ben blij dat mijn baard het bibberen van mijn kin verstopt. Men zegt dat tijd alle wonden heelt, maar dat is niet zo. Niet dat ik dat zou willen, want de pijn is vreugde geworden omdat ze me verbindt met degenen die ik graag heb gezien. Onvolmaakt graag heb gezien. Zoveel onuitgesproken woorden.

Plons. Rimpelingen op het vijveroppervlak. Was dat een kikker?

'Daar is Michiel!' Eva springt op.

Ik veeg mijn natte kaken af. Een geblokte man met een oranje zonnebril duwt hijgend een handkar met kartonnen dozen vol met flessen tot aan het keienstrand, de plaats aan de waterplas waar straks de bezoekers de sierkarpers zullen voeren.

'Hatsjie!' De jonge Dubois is al buiten. Ik volg en kies aandachtig de juiste plaatsen om mijn voeten neer te zetten.

Met een stevige handdruk begroet de vroegere leraar van mijn dochter me. Hij wijst naar de kar: 'Dit zijn de flessen waarover Eva je heeft gesproken.'

'Mijn moeder heeft ze verzameld en meneer Van Zonhoven en ik hebben, zoals we hebben afgesproken, de Sacrale Woorden van uw dochter erin gestoken. Kies er maar eentje', nodigt de jongedame me uit.

Ik vis het rolletje kladblokpapier dat uit een fles met de letter O steekt en geef het aan haar.

'Onsterfelijk', leest ze.

'Onvergankelijk, zoals de rotsen hier in de vijver. Die daar weegt wel vijf ton', wijs ik.

'En zoals dit!' De leraar vist een plastieken zak uit het water. Eva bewondert de vissen: 'Wat een kanjers!'

'Koi's', weet de leraar. In de verte klatert de waterval.

'Is dit een goede plek?' vraagt de jongedame me.

'Zeer geschikt', bevestig ik haar. Ze steekt het kladblokbriefje terug en laat de fles in de vijver zakken. De fles is zover gevuld met water dat ze tot aan haar hals onder het oppervlak zinkt en het rolletje papier boven de vijver uitsteekt.

ONSTERFELIJK

De leraar leest de flyer voor die de afgelopen weken verspreid is geworden en laat me zien dat de titel van het project 'Geest in de Fles' ook in het Japans is vertaald. 'Meteen nog even twitteren!' zegt hij. Mensen spreken tegenwoordig de taal van de vogels.

Kwetter. Kwetter. Kwetter.

Geest in de fles - SPIRITO NELLA BOTTIGLIA - 瓶の中の精神
Esprit dans la bouteille - Spirit in the bottle - Geist in der Flasche

Project ter nagedachtenis van Krist'l Engelen en Katrien Dubois

Japanse Tuin, Hasselt

De tuin gaat pas om twee uur vanmiddag open voor het publiek, de dag is nog jong. De jonge Dubois en ik laten de flessen te water. Straks zullen de bezoekers de papiertjes vinden en de sacrale woorden mee naar hun wereld nemen.

ZEGENING

HEEL-ING

DEEMOED

GOEDERTIEREN

HEILIG WATER

ZIEL

'Gelooft u in een onsterfelijke ziel?' vraagt Eva.

'Stt ... luister.'

De ziel van mijn dochter is hier en nu.

ENGELENSCHARE

GEEST

ONTFERMEN

De gsm van de jongedame rinkelt.

'Adamo', verontschuldigt ze zich en ze trekt zich terug achter een azaleastruik.

'Hoe kent die breedsmoelkikker je nummer!' roept de leraar haar na.

'Hatsjie!' antwoordt de struik.

Morrend helpt Michiel me met de volgende flessen, tot Eva terug is.

LOUTERING

MIRAKEL

ERBARMEN

ZALIGMAKEND

GEWIJD

OM NIET

Op de briefjes in de laatste flessen staan enkel wilde, verstilde krabbels die de essentie van hun onuitspreekbare boodschap uitstralen. 'Deze onleesbare woorden zijn het mooist', vindt Eva.

Bijna honderd flessen met rolletjes kladblokpapier steken boven het wateroppervlak uit. De jonge Dubois neemt de allerlaatste fles, opnieuw eentje met de letter O erop. Ze rolt het papiertje open. 'Dit is er eentje van mama.' Zelfs de leraar wordt stil terwijl zij voorleest wat haar moeder schreef:

Ooit, misschien in een volgend leven, zal ik mijn eigen Boek met Woorden schrijven. Verbannen Woorden. Eerst maak ik een hoofdstuk met Jaloezie, dan met Schaamte, daarna met Mislukkingen en ik eindig met Spijt omdat ik ze nooit heb kunnen aanvaarden. Ooit zal ik de Woorden in flessen steken en in de zee gooien. En samen met de Woorden zal de Pijn wegstromen, omdat ik mezelf Vergiffenis heb geschonken. Ooit.

Plons. Rimpelingen op het vijveroppervlak. Was dat een kikker?

Dank en verantwoording

Het verhaal en de personages in dit boek zijn verzonnen. Hoewel beïnvloed door mijn leven en werk is deze roman het product van mijn verbeelding. En van 'voddenrapen'. Dankzij Leonard Cohen weet ik dat mijn aanpak bij het schrijven deze naam draagt: voddenrapen. Je vertrekt vanuit chaos, onopgeloste vragen, een vage honger, een leegte. Je doorzoekt je zakken, vindt hier nog iets, of schraapt daar nog wat af. En uiteindelijk kom je ergens mee, en dat verandert je kijk op de dingen. Het verandert je hart, en schept ook een mens rondom de creatie. Deze metafoor van Cohen komt uit de uitzending van de Boeddhistische Omroep Stichting (2012): *Hallelujah! Leonard Cohen is terug.*

Enkele jaren geleden las ik *Het einde van de psychotherapie* van Prof. Dr. Paul Verhaeghe (De Bezige Bij, Amsterdam, 2009). In het hoofdstuk over de hedendaagse identiteit staat een passage met als titel: *Zes personages op zoek naar een auteur.* Hoe minder identiteit iemand heeft hoe groter de behoefte aan een rigoureuze groep, met als gevolg dat elke vorm van fundamentalisme aantrekkelijk wordt, schrijft Verhaeghe. Het individu is wanhopig op zoek naar een auteur die het verhaal wil schrijven waarin het zijn of haar leven kan opvoeren. Verhaeghe verwijst daarbij naar het profetische stuk van Luigi Pirandello uit 1921. Ik had net *Iemand, niemand en honderdduizend* van Pirandello gelezen (kemper en boekwerk, 2005), en speelde met het idee iets te schrijven over 'een zoektocht naar identiteit'. De volgende zomer kocht ik op een rommelmarktje in Sicilië: *Sei personaggi in cerca d'autore.* (Biblioteca Universale Rizzoli, 1994). Maar ik versta nauwelijks Italiaans. De eerste ideeën voor mijn roman waren gesprokkeld.

Om een verbeelde werkelijkheid te creëren heb je naast een paar bij elkaar geraapte 'vodjes' ook liefde nodig en volhoudingsvermogen. En helpers op je pad. Ik dank allen die op een of andere manier hebben bijgedragen aan het tot stand komen van deze roman: familie, vrienden, de meedenkers van het eerste uur, Carla, Els ... En van het laatste uur: Theo, Katja ... Mijn petekind Lore reisde mee naar Sicilië, co-trainster Christine bracht me op het spoor van de titel.

Enkele mensen wil ik in het bijzonder bedanken, omdat ik zonder hen de eindstreep niet gehaald zou hebben:

Annik, al vaker heb je mijn reis vanop afstand gevolgd. Ook nu weer schreef je me handgeschreven brieven en gaf je me nauwgezette instructies om de schoonheid van mijn opgeraapte vodjes/ juweeltjes beter tot haar recht te laten komen.

Mies, jij reisde hele stukken met me mee, en telkens weer (ergens tussen Moskou en Scherpenheuvel), hielp je me erop te vertrouwen dat ik de scherfjes glas die ik gevonden had op mijn pad tot een prachtig glasraam kon smeden.

Bruno, jij hebt naar eigen zeggen mijn manuscript 5736 keer gelezen, maar zonder enig overdrijven, liefste, zonder jou zou ik in een doodlopende steeg zijn blijven steken. Toen ik na een maandenlange impasse wou opgeven, zei je dat ik dat echt niet mocht doen. Kon ik mijn vastgelopen verhaal vanuit een ander perspectief bekijken? Ik draaide me om, keerde mijn jas binnenstebuiten, en vond - weggestopt in een binnenzak - een stukje kladblokpapier met een verbannen woord erop. Toen kwam alles in een stroomversnelling terecht.

Surfend naar een geschikte uitgeverij was ik onder de indruk van de visie en missie van Uitgeverij Xanten. De interesse bleek wederzijds. Dankjewel Suzanne Paskamp voor je persoonlijke zorg en je vertrouwen.

Met liefde draag ik deze roman op aan mijn ouders. Aan mijn vader († '88). Ik zie je nu voor me als een minzame, wijze oude man. En aan mijn moeder. Het is echt waar moeke, de liefde voor taal hebben wij kinderen van jou geërfd. Jij leerde ons opstelletjes schrijven en vertelde ons verhalen. Dankjewel voor alles.

Tot slot: de citaten uit Antigone (deel 1, Krist'l) zijn uit: Sofocles: *Antigone*, Nederlands: Johan Boonen, Acco, Leuven/Voorburg (veertiende druk, 2005).

Hilde Vleugels, Antwerpen, 2012

Meer informatie over de Educatieve Academie
www.educatieve-academie.be

Hilde Vleugels
Bruno van den Bosch

**Veranderende denkbeelden in de psychotherapie
interactionele vormgeving in actie**

Veranderende denkbeelden in de psychotherapie wil de verworvenheden van de moderne tijd verbinden met nieuwe denkbeelden. Tegelijk vertaalt het boek die zoektocht naar de psychotherapie. De visie op mens en natuur evolueert razendsnel. De gevolgen hiervan voor de geestelijke gezondheidszorg zijn nog niet volledig geassimileerd. Toch tekenen zich duidelijke contouren af in de therapeutische theorie en praktijk. De auteurs brengen enkele van die nieuwe krijtlijnen onder de aandacht.

Dit is een boek over de visie en therapeutische methode die sinds 1989 vorm zoekt en vindt: de Interactionele Vormgeving (I.V.). De klemtoon ligt op de filosofische uitgangspunten, op de basis-attitude van de I.V.-therapeut en op het integratieve en transpersoonlijke karakter van deze eigentijdse psychotherapie. De theoretische beschouwingen zijn doorweven met stukjes levensverhaal van cliënten, praktijkvoorbeelden en praktische handvatten.

In de eerste plaats richt dit boek zich op psychotherapeuten en al wie mensen begeleidt of een studierichting volgt die daartoe opleidt. Tegelijk is het bestemd voor degenen die buiten hun beroep belangstelling hebben voor zelfverwerkelijking en integratie: over hoe we ons kunnen definiëren en ontplooien in relatie tot anderen en als deel van het grotere geheel.

Standaard Uitgeverij, 2008
ISBN 9789034192998

Hilde Vleugels

Scherven
Gebroken sprookjes en de zoektocht naar een nieuw verhaal

Scherven gaat over kwetsbare en intieme onderwerpen: vergankelijkheid, vruchtbaarheid, seksualiteit, ziekte, schuldgevoel, spiritualiteit. Het gaat over rouw en herstel, over verlies en nieuwe mogelijkheden. De titel Scherven slaat op iets wat stuk ging, maar ook op kleine deeltjes die samen iets nieuws kunnen maken. Dit boek is een queeste naar verbinding, zin en samenhang, een zoektocht naar het verhaal dat het beschadigde zelf een kader geeft. De opzet van dit boek is terug te vinden in de vorm ervan. Een sprookje is verweven doorheen het beschouwende werk. De samenwerking tussen verstand en gevoel, verbeelding en realiteit, het persoonlijke en het universele, het mannelijke en het vrouwelijke, schept nieuw leven. Samen met de vrouw uit het sprookje wordt een weg afgelegd naar levenskracht, verbondenheid en spirituele vruchtbaarheid. Scherven is geschreven voor mensen die op zoek zijn naar een nieuw leven of zich willen verdiepen in levensprocessen, en voor zij die anderen daarbij begeleiden.

Hilde Vleugels is psychotherapeute en dramadocente. Ze is medeoprichtster van de Educatieve Academie te Berchem waar ze stafdocente is binnen de therapeutenopleiding Interactionele Vormgeving, een integratieve vorm van psychotherapie. Zij doceert er onder meer het onderdeel rond de therapeutische kracht van verhalen en rituelen.

Acco Leuven/Den Haag, 2005
ISBN 9789033456909
NUR 770